負債魔王

Devil Game

Content

第1話 後援之
Reinforcen
咻——!
赫~
露~
咻——!

妳到底知不知道自己做了什麼啊？
天字第一號大笨……
痛痛痛痛痛……
痛死了！對不起啦！
赫露妳居然跟神族公然宣戰。
你們還沒睡醒嗎？那傢伙可是奧汀啊。
就算最後交出祂想要的東西，
祂肯定還是會將死國夷為平地。
這麼說也沒錯。
米爾，上次妳說我們只剩下約三十名兵力了？
……對。

把他們統統集合起來，
我要分配誰在前線作戰，誰做後方支援。
不用擔心那些事。
喀
前線作戰？妳在說什麼傻話？
我們現在連最基本的武器都沒有了。
我們早就準備好了，
這些夠嗎？赫露。

武……
武器？
摸起來破損這麼嚴重，要怎麼……
!?
等、等等！這是……死國紋章？
慢著！赫露！這些該不會都是……
是啊。這些都是前幾次戰爭死去的士兵，
身上的武器。
居然要我們把前線戰士的武器防具都運回來，
想想我們有多辛苦啊。
真是抱歉啊，但是你們做得太好了。
所以赫露妳故意去挑釁奧汀，
是為了讓這些人類有更多時間去搬運武器？

……這一戰無可避免，士兵身上的武器，是他們的榮耀，
我們唯一能做的，是憑弔他們的靈魂，讓榮耀永存於這個大地上。
可、可是！就算擁有這些，
我們的兵力跟冰霜巨人還是差太多了！
關於這個，我叫某個傢伙去執行任務了。
任務？

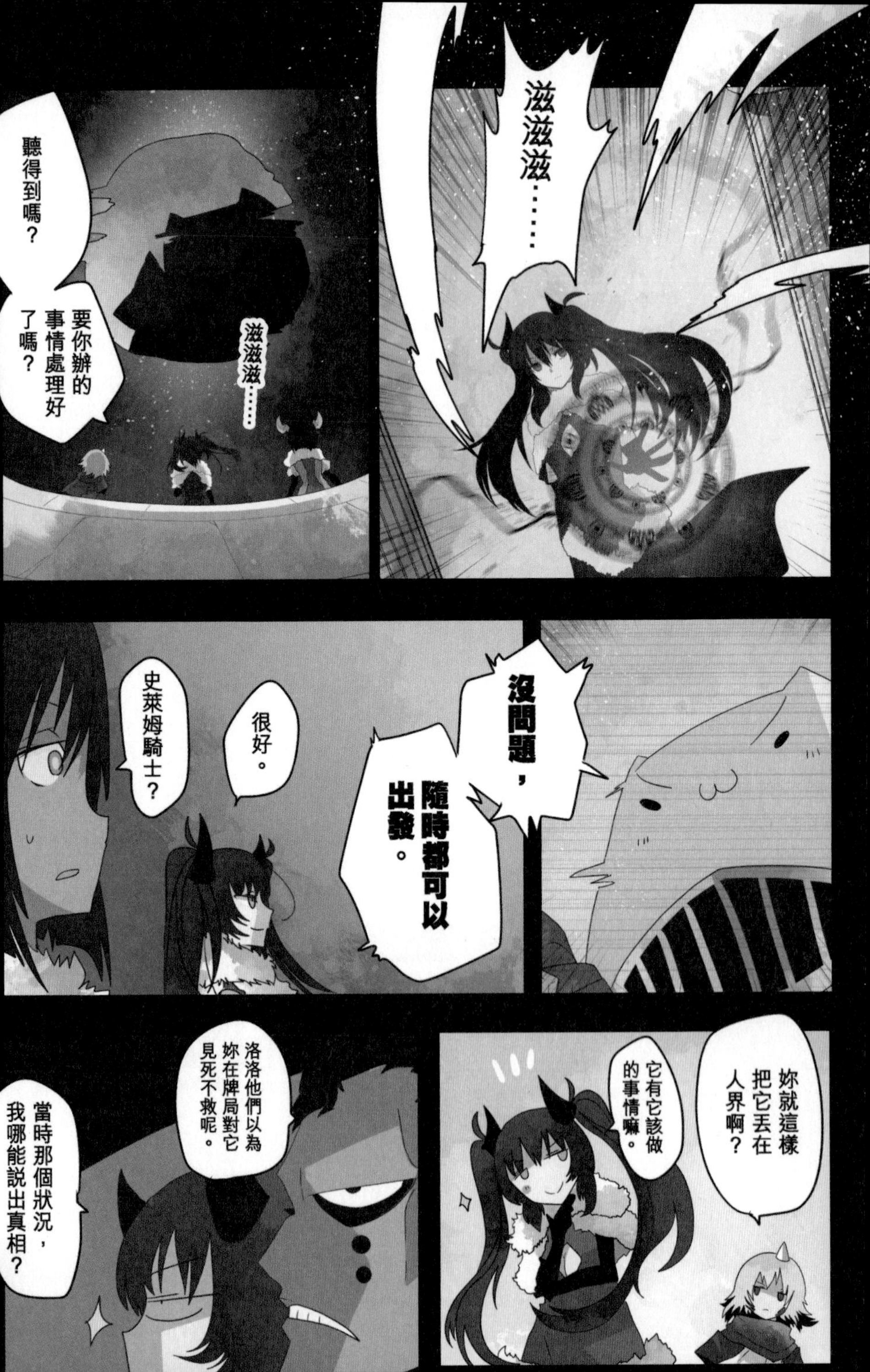

滋滋滋……
聽得到嗎？
要你辦的事情處理好了嗎？
滋滋滋……
沒問題，隨時都可以出發。
很好。
史萊姆騎士？
妳就這樣把它丟在人界啊？
它有它該做的事情嘛。
洛洛他們以為妳在牌局對它見死不救呢。
當時那個狀況，我哪能說出真相？

喀！
的確，沒想到它用魔力就能復活，
回來啦？
不死族還真是方便。
等等！赫露！光靠這樣的兵力真的可以應付冰霜巨人嗎？
唉唉……沒想到這輩子會有為魔族做事的一天。
這可是你們國王的命令喔，呵呵★
比起巨人，恐怕我們得面對更可怕的對手，
——「神兵」。
那是人類長老直屬的親衛軍。
每一個實力都相當於一個「神」。

而且死國也有背叛者，
所以我們是被神、人與惡魔三面夾擊。
怎、怎麼會……
這樣我們怎麼可能有勝算？
不用擔心，我會有辦法的。

這已經不單單是我們跟神之間的問題，
這是三個種族之間，賭上彼此一切的戰爭。

佩波邦，妳帶著偵查部隊，用召喚術到前線去蒐集情報。
我、我知道了。
圖特，你負責率領哥雷姆部隊，用黑闇之鏡提高他們的機動力。
瞭解。
洛洛，你率領亡靈騎士團從敵人弱點處進攻。
交給我吧。

接下來是後勤醫療補給……
喂喂，這裡挺熱鬧的嘛。
!?
火都燒到屁股了，
怎麼可以少了我呢？

妳變得……還真多啊。
我還以為妳會待在王宮裡守護財寶。
如果死國滅亡了，我的財富就只是沒人要的垃圾。
這種事我可不能讓它發生啊。
那麼就由妳來率領食屍鬼，將前線受傷的士兵帶回來治療。
我正苦惱著醫療隊該由誰來率領呢。
將武器送上前線的工作也交給我吧。

米爾，妳負責擔任我的傳令，
我身後的敵人就交給妳了。
我、我知道了。
我不會讓雜魚靠近妳的。
歌布琳。
傳令下去，決戰就在……
黎明破曉之時。

轟轟轟
轟轟轟——

暴風雪變得更大了。
赫露，
已經全部就位，隨時都能準備作戰。
做得好，準備在死月升起時，迎接戰爭吧。

冰霜巨人是視力極差的種族，
……
無法在能見度惡劣的環境下作戰。
死月落下時的漆黑，會使它們完全看不清方向。
加上奧汀那老頭也不可能給我們時間整軍備戰嗎？
沒錯，所以待會死月升起，就是出兵最好時機囉！

身為總指揮官，妳還真是一派輕鬆呢，赫露。
看起來是那樣嗎？我可是為了守住這裡而傷透腦筋呢。
只要能守住這座眾議院六小時，我們就能夠贏。
六個小時，
喀！

嚇得屁滾尿流了嗎？
膽小鬼們。
!?
議論紛紛
我想你們都很清楚。
你們都是在各個種族中，衰老死、病死、意外死、
沒有帶著任何榮耀就死去……

而被「神」的英靈殿
所遺棄的傢伙！
……但也
因為如此，
你們比任何人
更加渴望勝利。
不要怕死去，
讓你的榮耀，
刻劃在世界樹
的歷史中吧。
擊碎
牆壁

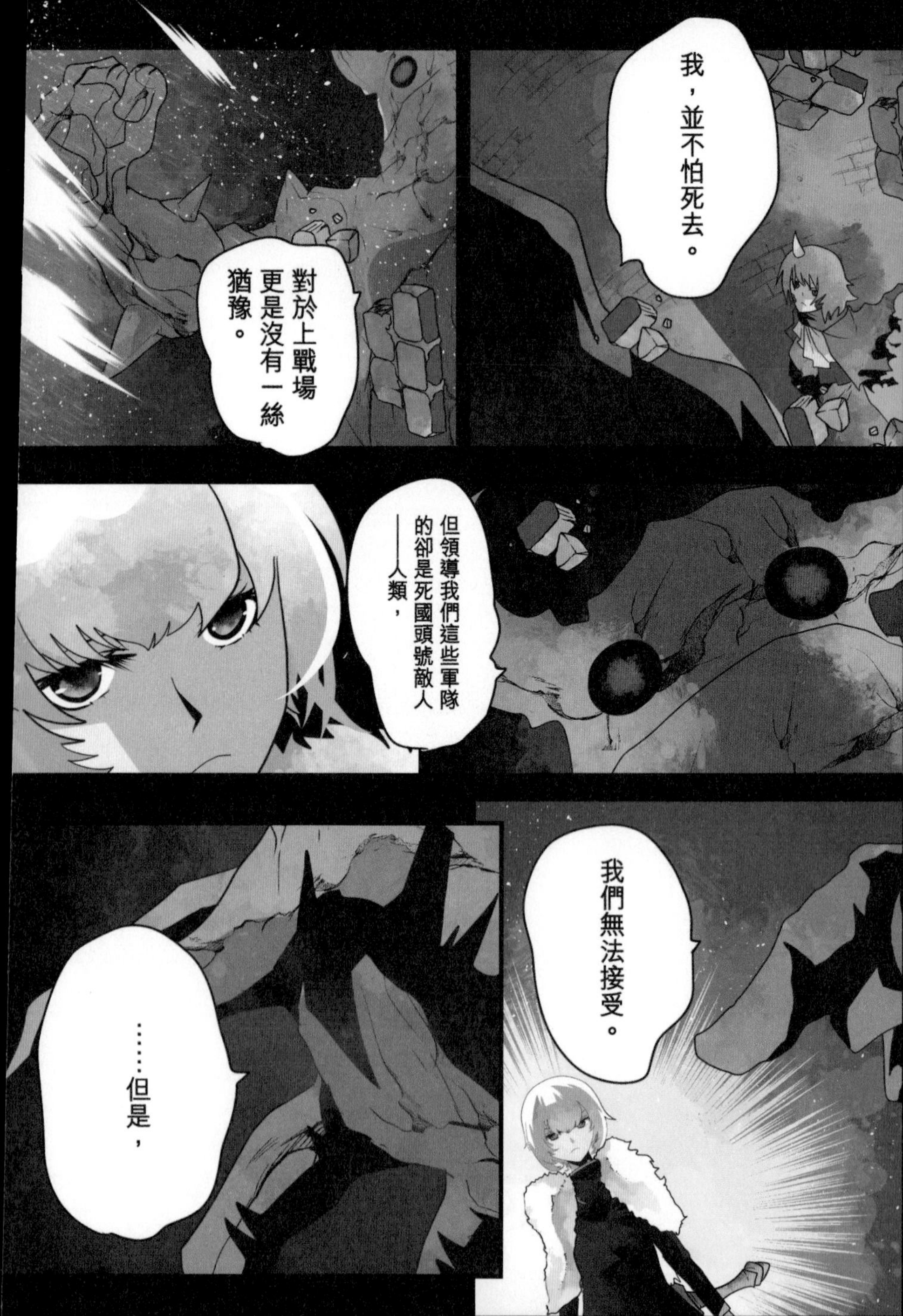
我，並不怕死去。
對於上戰場更是沒有一絲猶豫。
但領導我們這些軍隊的卻是死國頭號敵人——人類，
我們無法接受。
……但是，

這些本該是敵人的傢伙，
幫我們死去的弟兄建了墓樁，
真心的憑弔他們的靈魂。
雖然我們立場不同，但在這場戰爭裡，
這些人類，是我們的朋友。

那個……我想您誤會了，
我們很怕死的，甚至想要拔腿就跑。
對手可是神啊。
我並不怕死啊。
閉嘴，圖特。
人類的長老，似乎正在籌劃著什麼可怕的事，
我有預感，這將會顛覆整個世界。
如果這時候輸了，「人類」也有可能變成世界樹的灰燼。
米德加爾德的人，把榮譽看的比性命還重要。

如果能夠阻止這些陰謀，我們將豁出去，
與惡魔同一戰線。
……還真是狂妄的人類。
……看來，大家都有覺悟了。
同伴意識強烈會讓旁邊的夥伴過勞死啊。
同意。

把榮耀，獻給自己吧！
喔喔喔喔喔！

地震！
血翅蟲偵測到極高能量反應！
是奧汀！
而且很近！兩軍都在攻擊範圍內！

傳令！全軍開戰！
負債魔王

第2話 貫徹信念的一戰
Big Games

喀喀喀……
快步奔走
城中多數區域遭受砲擊！
西側城牆被打穿一個洞！但整體傷害不大！
……

從威力來看比較像是宣戰挑釁。
咻
下一波可能就是真正的攻擊。
轟轟轟
劈滋！
咚！

喀！
啪咧！
喔——
看到了，是冰霜巨人。
等等……它該不會想把那片山壁……

扔過來吧
啊啊啊!!?

是巨人，
好驚人的臂力啊。
現在不是佩服的時候！快想想辦法！
否則就要撞上來了啊啊啊！
冷靜點，大呼小叫的很難看。
魯納——
黑闇之鏡！

接下來看我的！
召喚奇蹟——
巨大化！

召喚奇蹟——瞬間硬化！

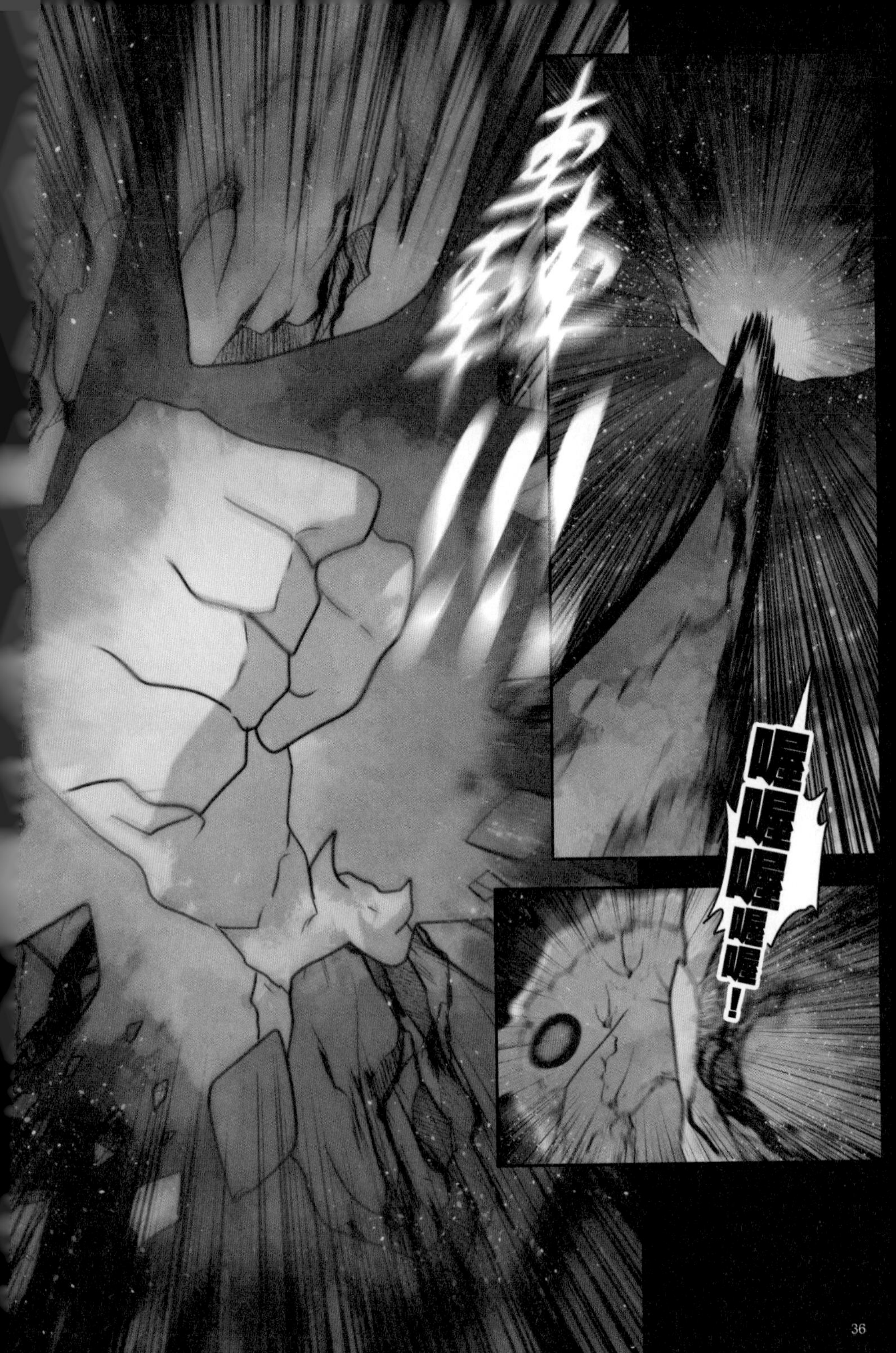
喔喔喔喔喔！

啊啊啊啊！你們在搞什麼啊？
這個召喚術還真方便啊。喂，女人，讓我們像那樣變強不就好了？
呼！
別、別開玩笑了！
在這裡是用浮游靈當做媒介。
才能夠一次對哥雷姆用這麼多召喚術，
那是因為它是魔族，又是礦物，才不會輕易被詛咒。
那麼，冰霜巨人會受到影響嗎？
它們並不是魔族，身體沒有抵抗詛咒的能力。

蛤？
那個小姑娘，要在這些砲彈上附加詛咒屬性？
沒錯，如果運氣好，也許可以讓巨人陷入混亂。
挺有趣的嘛，與其用一般砲彈，不如賭一把。
好！砲臺準備！
目標——冰霜巨人！

全彈發射！
!?

轟轟轟轟轟!!!
哼……雕蟲小技。
這種程度是不可能對巨人產生傷害的。
吼喔喔喔喔喔喔!

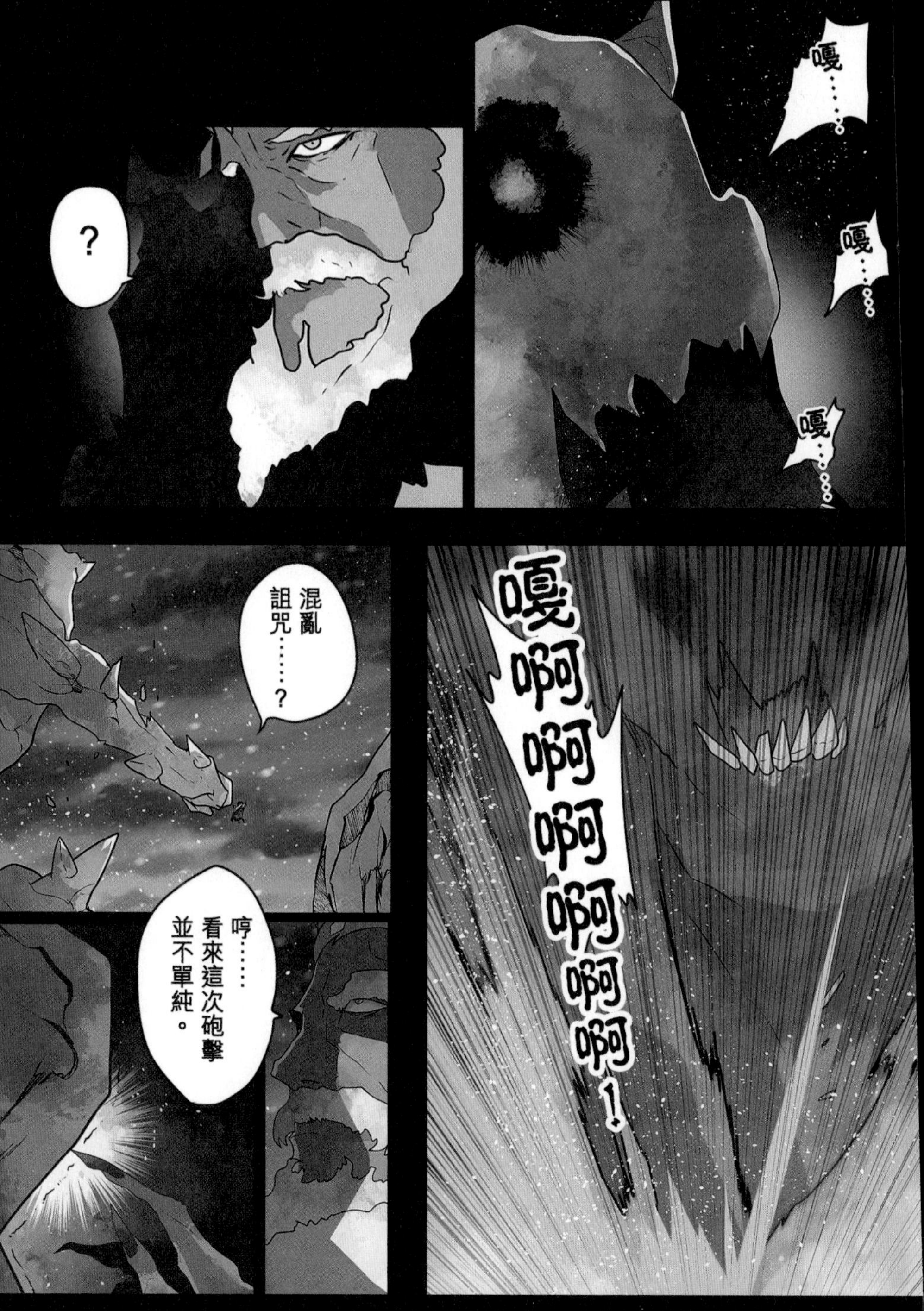
嘎……
嘎……
嘎……
？
嘎啊啊啊啊啊啊！
混亂詛咒……？
哼……看來這次砲擊並不單純。

劈滋
劈滋
我並沒有叫妳出手。
女武神
華爾[illegible]莉亞。

「祂們」都到了嗎？
是的。
在此隨時恭候神的差遣。
很好。
英靈殿（Valhalla）的騎士們，
一口氣殲滅敵人，實現我們的理想吧。

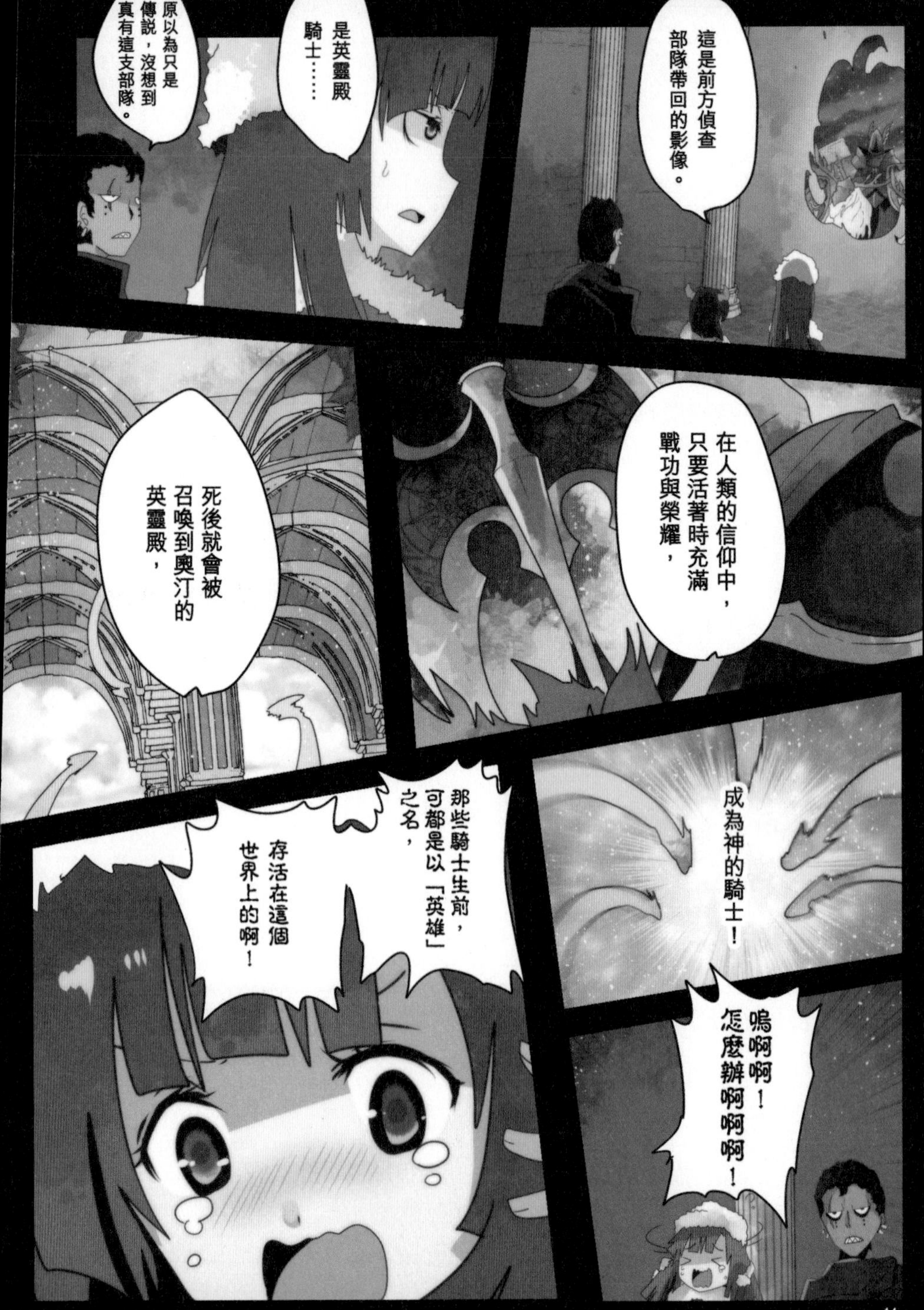
這是前方偵查部隊帶回的影像。
是英靈殿騎士……
原以為只是傳說，沒想到真有這支部隊。
在人類的信仰中，只要活著時充滿戰功與榮耀，
死後就會被召喚到奧汀的英靈殿，
成為神的騎士！
那些騎士生前，可都是以「英雄」之名，
存活在這個世界上的啊！
嗚啊啊！怎麼辦啊啊啊！

死定了啦！我好想逃喔喔喔！
吵死了。
在這戰場上出現也是理所當然的事。
英靈殿騎士團是奧汀的親衛軍，
妳有對策嗎？赫露。
這是眾議院外的地圖。
我們所在的位置叫做「死寂之嶺」，除了兩側有山壁外，幾乎一路暢通。

只要敵人一直線攻打過來，我們的防禦馬上就會潰散。
赫露，戰馬已經備好了。
好。
這也代表敵人的行動很容易猜透。
畢竟沒有比這裡更快的路徑了。
我們先去爭取時間，
什麼？
這裡交給妳囉！
嘶嘶嘶嘶！
喝啊！
喝啊！
嘩啦！嘩啦！

喀啦！
狂奔！
喀啦！
咻——！
現在，我要再次賦予給妳。
歌布琳。之前戰鬥中，妳把魔力還給我。
妳沒有那份力量，要怎麼面對這場戰爭？
之前跟董的戰鬥，我取回一些力量。

就算是這樣，我們的力量要跟英靈殿騎士抗衡也很勉強。
不是「我們」。
要跟英靈殿騎士戰鬥的，**只有我**。
妳又想耍什麼把戲？
知道這是什麼嗎？

這玩意叫做「王契」。
英雄王私底下交付給我，遠古人類與神簽訂契約的證明。
它能打開通往英靈殿的大門，
讓人類與神直接見面。

歌布琳，我現在把它交給妳。
去找別希爾吧。
我要妳潛入英靈殿裡頭。
暴風雪不僅會增強冰霜巨人威力。
席官們也無法從冰封中解放。
英靈殿中可能有各種突發狀況，妳會需要這股強大力量。

只有妳才辦得到。

如何？
……可惡。戰爭結束後，我要換個上司。
趁敵人發現前，拿來吧。
把力量給我吧。

魔力授予！
接下來是「王契」——
Valhalla
英靈殿之門！
……門的另一側，就是惡魔難以侵犯的阿斯神界嗎？
是啊，上次有惡魔進入，都已是五百多年前的事情了。

我走了……
待會見！
嘶嘶嘶——！
踏
放馬過來吧，
英靈殿的小鬼們

負債魔王

DEVIL GAME

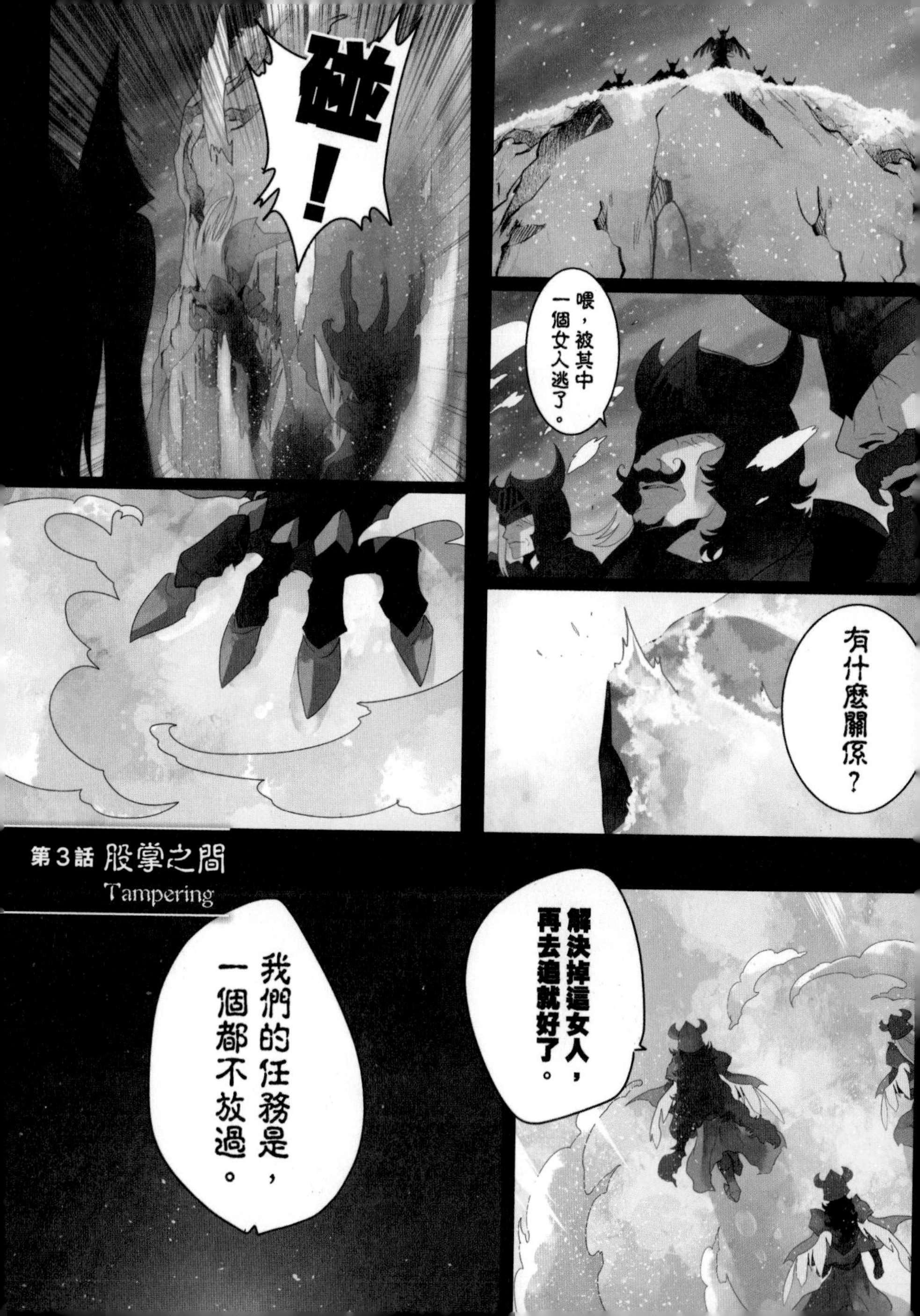
喂，被其中一個女人逃了。
有什麼關係？
碰！
第3話 股掌之間
Tampering
解決掉這女人，再去追就好了。
我們的任務是，一個都不放過。

喂！這裡交給我們，
你們去攻打敵方城池。
去找地方躲起來。
嘶嚕嚕——
好了，老夫可是很趕時間的，
放馬過來吧。
哦——？
絲毫不畏懼我們嗎？

那就陪我們做個暖身運動吧！
喝啊！
唔喔喔喔！

好險！
糟、糟糕……！
抓住
喔喔喔喔喔喔！

少得意！
嘻嘻嘻嘻嘻……
如此一來這女人就死無全屍了。
就憑那種雕蟲小技……
也想打倒我？

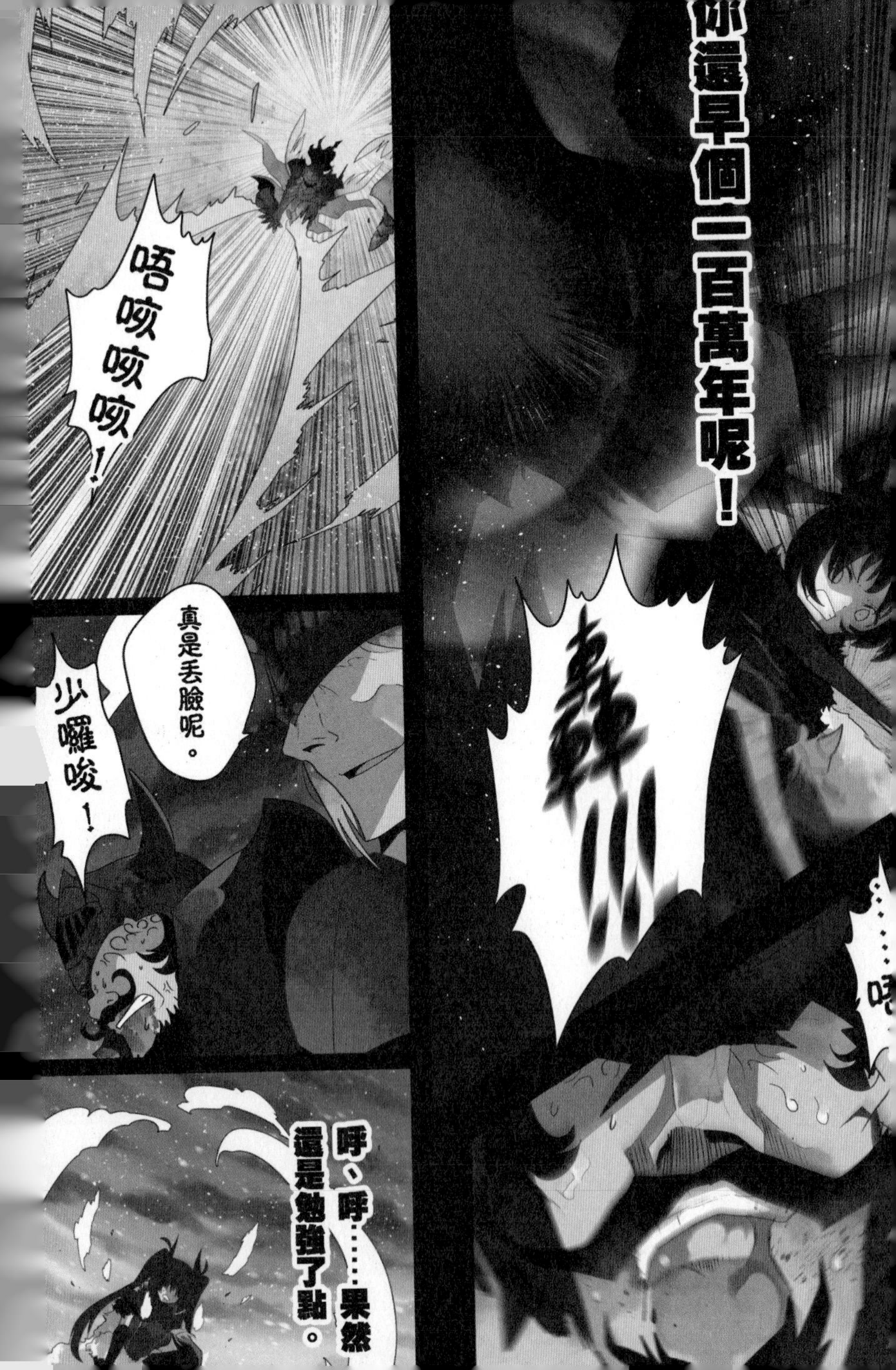
你還早個一百萬年呢！
……
唔咳咳咳！
真是丟臉呢。
少囉唆！
呼、呼……果然還是勉強了點。

全力一拳也無法打倒他們。
力量少了將近一半。
缺了歌布琳那份魔力，
然後要一口氣面對三個這麼厲害的傢伙。
呵呵，
真是令人不禁血脈賁張啊。
另一方面，歌布琳來到了阿斯神界。
那裡是諸神的國度。

如詩一般的聖潔景色，天籟餘音不絕於耳。
這是神界給一般人既有的印象。
如果是這樣的話，誰能告訴我……

這裡到底發生什麼事？
打雷
轟—！
閃電不停

嗟！
淅瀝淅瀝——
……這個是？
泥偶？
……斑駁痕跡？
看來似乎年代久遠。

而且這裡大雨不斷，城牆也一副殘破的樣子。
英靈殿到底發生了什麼事？
!?
糟、
糟糕！

轟轟！
嘶嘶——
!!?
扯開！

啪！
咳！
咳！咳！
呼—
幸好來得及逃出來，
……畜生！

不要小看我！
!!?

這、
這是怎麼回事？唔啊啊啊啊！
融化
該不會是……泥偶那邊，
出了什麼意外？
啪！
散成一地！
？
……怎麼會？蒙杜居然死了？
有人入侵英靈殿。
別擔心，
還有「祂」在呢。

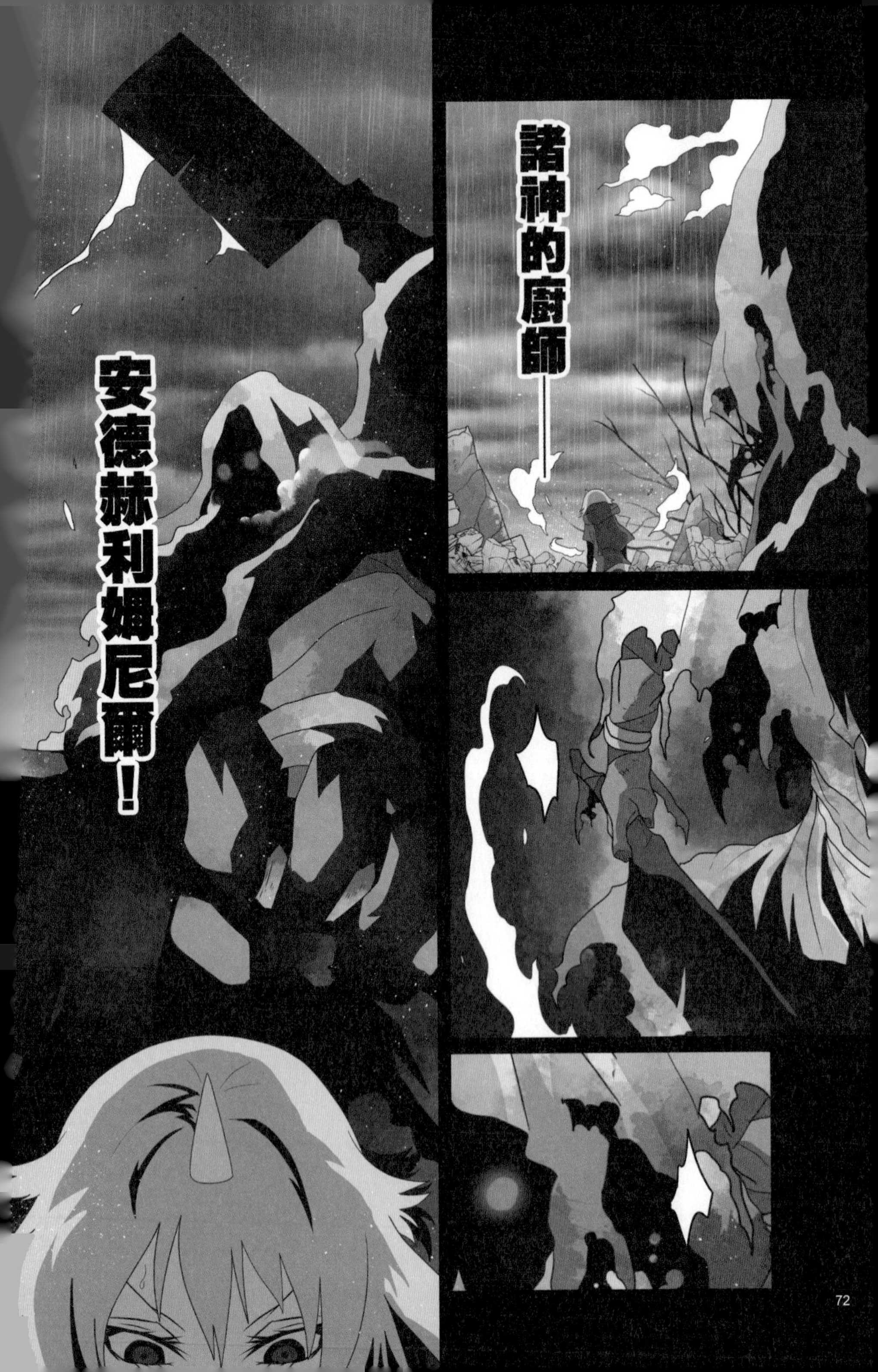

諸神的廚師——
安德赫利姆尼爾！

吼吼吼吼吼吼！
滴！
滴！
……畜生，
沒有完全閃過。
咚！

這是什麼玩意？
但現在的他，
只是個充滿
血腥的殺戮者。
吼喔喔喔喔！
「安德赫利姆尼爾」
掌管英靈殿的廚房，
負責烹調各種
美味的神秘食物，
對天上諸神來說，
他是一名重要的
神職者。

可惡……
這個混帳東西！
!?
是妳？
別希爾。
宰了你！

別來無恙，歌布琳殿下。
我以為妳遭到奧汀控制精神……
奧汀不是說了嗎？
祂並沒有操控我，
「世界的真實」而已。
只是讓我看到……

門扉另一邊的那個人……
妳自己問「祂」吧。
奧汀？

是的，那是奧汀的「本體」。
而且祂的壽命，
已經快到終點了。
轟轟轟──
轟轟轟──
哎呀，
好久沒回來了，
這裡還變真多呢。
不過空氣依舊
瀰漫著窮酸味
就是了。

負債魔王

DEVIL GAME

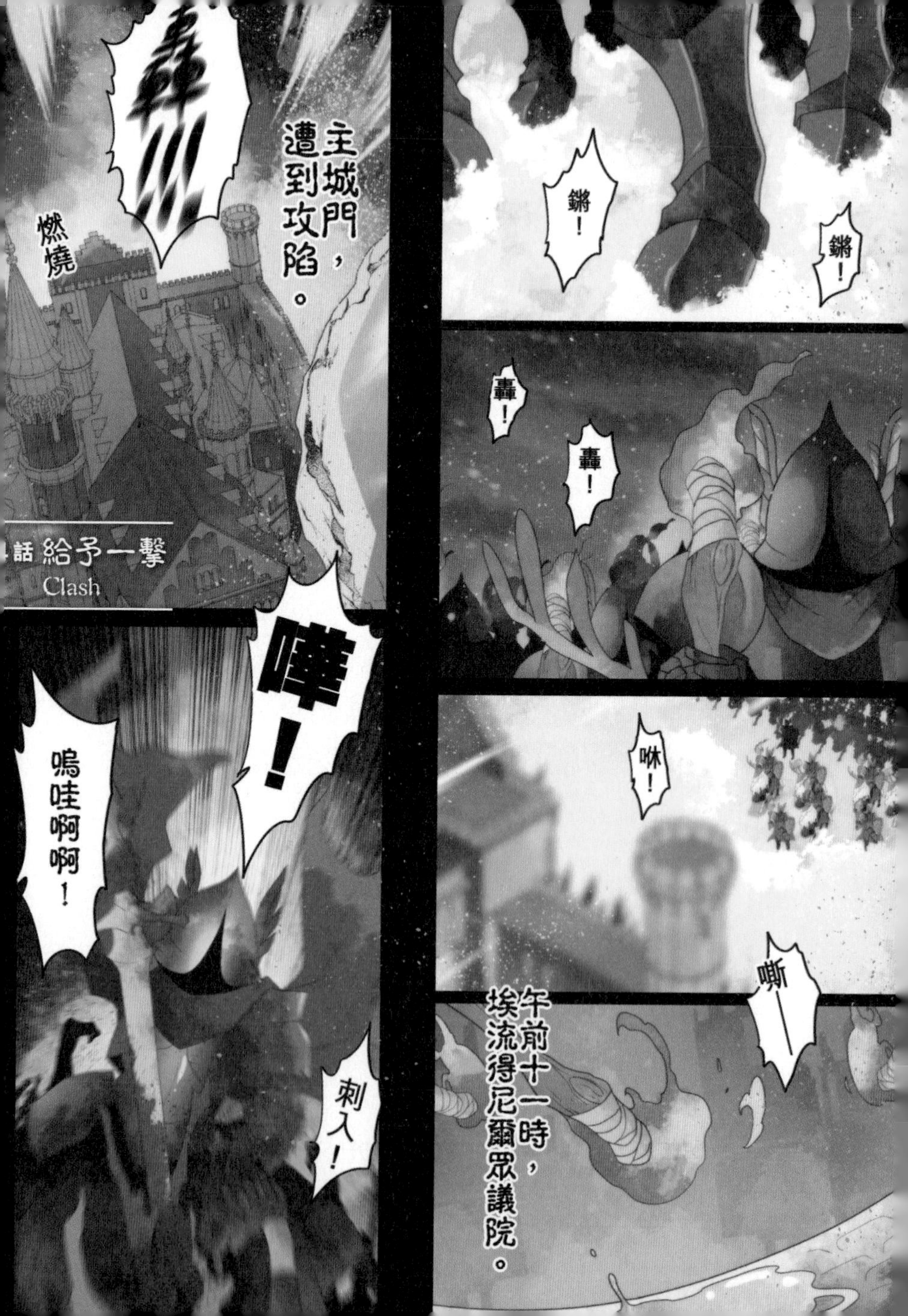
鏘！
鏘！
轟！
轟！
咻！
嘶——
午前十一時，埃流得尼爾眾議院。
轟!!
主城門，遭到攻陷。
燃燒
話 給予一擊
Clash
嘩！
嗚哇啊啊！
刺入！

砲臺！
全力守住砲臺！
轟轟轟——！
緊急支援！支援！
不、不行！快守不住了！
我帶隊去東邊城門！這裡交給妳持續砲擊！
哎呀呀……戰況真是慘不忍睹啊。
赫露在嗎？
嗯……沒有感受到呢，說不定跑去找奧汀了。

也好，省去我們麻煩。
按照「那個人」的指示，除掉赫露後……
也一併把奧汀也給解決掉吧。
沒想到奧汀的本體居然如此衰老……
呵呵……如妳所見，老夫已垂垂老矣，
雙目失明已久，還請見諒。
老夫曾經告訴別希爾，只要是赫露以外之人來訪，
就當他的引路人。

但若是赫露踏入這裡，就讓安德赫利姆……
殺了她。
報喪女妖……別希爾的預言。
死國的女王·赫露，將成為毀滅這個大陸的元兇。
……毀滅？
祢是年邁燒壞了腦子不成？
當我的預言能力覺醒後，
可以看到人、物，與世界的終結與再生。

無數的情報塞進我的腦中，
最後看到的是……
一片荒蕪的世界。
那裡沒有任何生靈。
無限的黃昏，無限的空蕩。
在最後的盡頭，我看到了——
讓這世界變成這樣的元兇。

那彷彿不像平常的赫露一般，就像個冷酷無情的……魔王。
在赫露的身旁，還有「那個人」。
「那個人」像是發現我似的，轉頭對著我笑。
我從來沒有看過那種笑容，那是一種……
「充滿惡意與混沌的表情。」
在我們漫長的歷史中，世界曾歷經毀滅，
我使用了「鑰匙」的力量，
透過泥偶讓諸神與英靈騎士暫時性的復活。

令人難以置信。
……赫露跟其他人勾結，要毀滅這個世界？
……重點是，「那個人」到底是誰？
——等等，
糟了。
有強大力量接近了我的分身。
別來無恙啊，奧汀神♥
許久未見，看起來身體滿硬朗的嘛。
嘶——

無理的傢伙，你們是誰？
嗚哇……是女武神
這可不妙啊，我可能打不過她呢。
不用擔心。
我們可是舊識呢。
不記得我了嗎？
妳曾經來邀請我進入英靈殿的啊。
斯……斯芬？

以人類種族的平均壽命來說，你應該早已衰老死亡才對。
是啊，我的確曾經死過一次。
但我又再次從絕望的深淵爬上來了。
來到這個醜陋又虛偽的世界。

那一年，我的叛變最終宣告失敗，
而我想在你死後將你帶回，
以英靈騎士姿態活下去。
……但是我拒絕了。
我對成為神沒有什麼興趣。
我想要的，是改變世界的力量。

「神」走了之後，
「惡魔」聽到了我的呢喃。
「那個人」出現了。
那麼，你將擁有
主宰「永生」與「終焉」之力。
誰？
來做個交易吧，
協助我脫離禁錮。
!!?
……什、什麼？

為什麼這個垂死之人又活了過來？
這就是你嶄新的力量……
!!?
終焉的幻象蟲。
怎麼會？畜生……！
受到奧汀庇佑的我們……！
應該可以抵銷任何外在傷害才對！

神兵！
鏘——！
把他宰了——！
啊啊……
時間，彷彿禁止一般。
嗚啊啊啊啊啊！
無法言喻的感覺……
如果有這份力量，
我一定可以……
作嘔
咳！咳！
嘔！
突然喘不過氣！
發、發生什麼事？
傷口漸漸的癒合？

放心，你只是還不習慣幻象蟲的力量。再適應一陣子吧。
你殺死長老院的人，人類王國是不會放過你的。
就當作斯芬．衛斯里，已經死了。
註定以王國的叛徒身分，流傳於歷史之中。
但同時，你也獲得了幻象蟲之力，
成為永生的不死人……

從今天開始，
你就是大長老。
至於這些神兵……
由祂們取而代之吧！
咚咚咚——！
棺木？
人類「神兵」是從每年的勇者試驗中，選出菁英組成的親衛軍，
簡直就像個可笑的幼稚嘉年華會。

在實力上要稱為「神兵」，實在太言過其實了呢。
你的意思是這些神以後將成為我的魔下？
這些棺木，裡頭躺著的是真正的「神」。
沒錯。
這些是我從冥府深淵帶來的力量。
從今天開始，神兵將被這些神祇取而代之。
還是說你想改個名？
不了，還是繼續叫神兵吧。

既然我已握有長老院的至高權力，那麼就在諸國會議上提昇祂們在這個國家的位階……
唯大長老御用。
對了，我應該要怎麼稱呼你……？
呵呵……這個嘛，你可以叫我……
「邪神・洛基」。

引發第一次與第二次諸神黃昏戰役，
盜取阿斯神界至寶「永生與終焉的幻象蟲」，
被世界律法永遠放逐禁錮的厄神。
既然你們清楚那就好說話了，
掐住
!!?

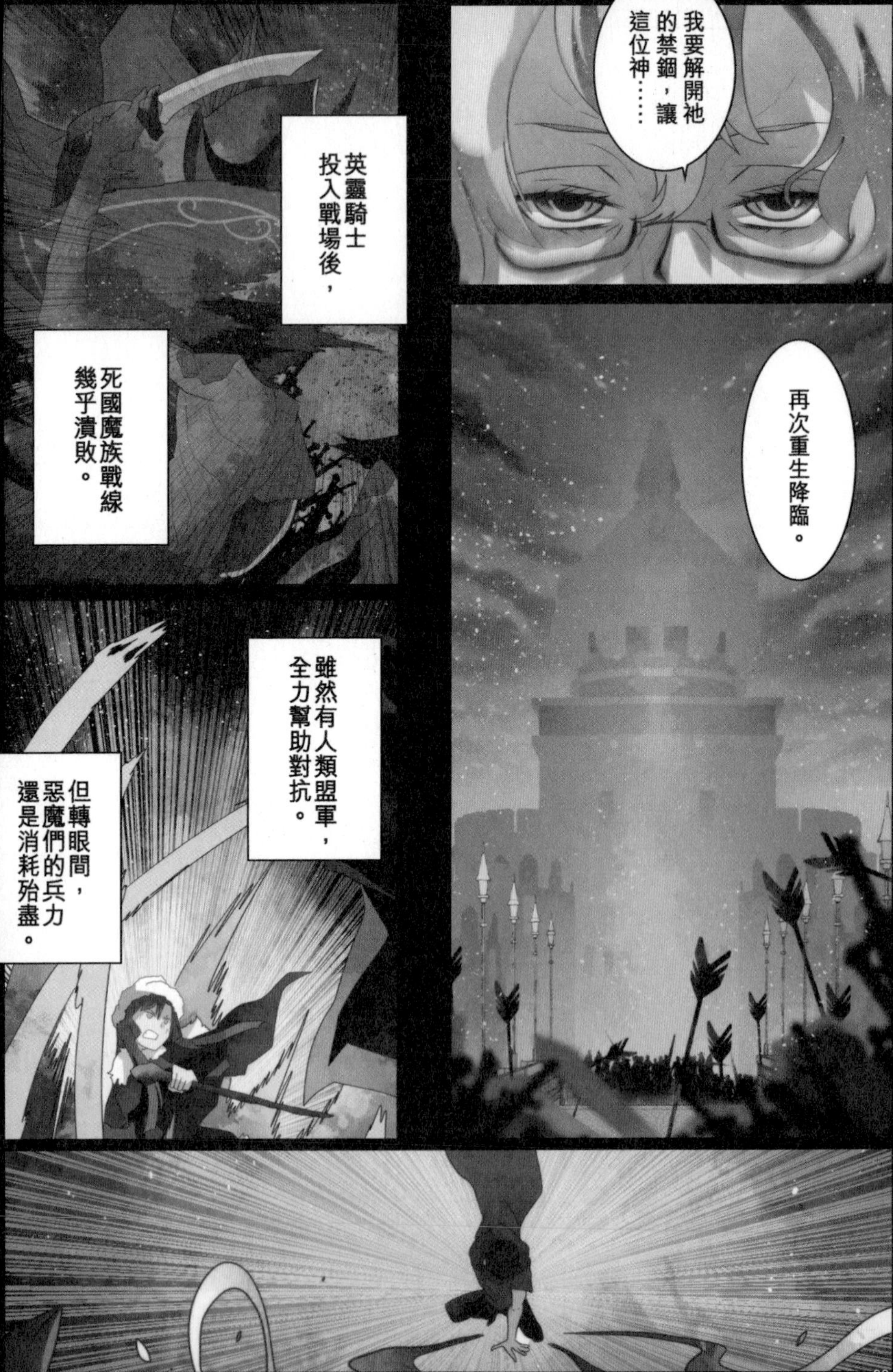
我要解開祂的禁錮，讓這位神……
再次重生降臨。
英靈騎士投入戰場後，
死國魔族戰線幾乎潰敗。
雖然有人類盟軍，全力幫助對抗。
但轉眼間，惡魔們的兵力還是消耗殆盡。

勝利的可能性，趨近於「零」。

叮鈴——……
總算，
捱過了六小時。
祢們知道這鈴聲代表什麼意思嗎？
……？
對我們而言，是勝利的號角。
對你們而言，
是地獄的喪鐘。

我們的喪鐘？
哈哈哈哈哈！現在你們可是處於絕對劣勢啊！
再過不久，英靈騎士就能把城池攻下來！
到時候這個喪鐘肯定……

把大量人類傳送到魔界，需要花費將近六小時。
如此一來，援軍總算都抵達了。
不過我沒想到援軍其中會有你啊。
海鷗島鎮的酒館老闆，巴繆大叔。
呦，好久不見了，赫露。
什、什麼？

畜、畜生……居然敢瞧不起我們英靈騎士！
抓住
!?

真是驚人……
你不像個普通酒館老闆。
前任英雄王的最高士軍長右大臣！
史上最年輕晉升五星的勇者！
現在只是個不問世事的酒館老闆！四十五歲，單身！
你到底是何方神聖？
都不問世事了，還來淌這混水？
妳以為我想啊？
英雄王那傢伙帶著重兵包圍我的酒館，
命令我要是不幫忙，就以藏匿魔族罪，把我永久監禁！

那其他人呢？
他們也過來了嗎？
我想他們應該
都抵達城池那邊了，
不用擔心。
為、為什麼
兩位閣下會
在這裡？
王國參謀長
左大臣！
王國土軍長
右大臣！
這裡交給我們吧。

真是不可思議，人類與惡魔有攜手合作的一天。
會是一支很強悍的軍隊啊，這支「魔王人類聯合軍」。
你們都來了，英雄王人呢？
這個嘛，我想他應該……
……「人類」魔王聯合軍。
放前面！
「魔王」人類聯合軍。
休想！
是做了斷的時候了。
嗨，挺熱鬧的嘛。

也算上我一份吧。
雜魚。

負債魔王
DEVIL GAME

喂，那不是你們人類的英雄王嗎？
唉！
真傷腦筋，麻煩人物一個個出現。
全部一起上，我可招架不住啊。
!?
怎麼了？
找到了，赫露的氣味。
離這裡並不遠。

第5話 希望的光
Light

赫露身邊有股強悍的人類力量，他們正往這邊過來。
如何？妳可以嗎？
包在我身上，我可是比赫露強多了。
目標只有赫露，不要做無謂殺生。
是、是。
怎——麼可能啊？
那我先走一步啦！
不打算管那個惡魔嗎？
看來你的目標只有我呢，國王陛下。

啊？那種事根本無所謂啊，
倒是你們每個人都掛在空中，
你會去在意螻蟻一般的傢伙嗎？
!?
碰——！
實在很礙眼。
不准居高臨下看著我，
給我跪下，

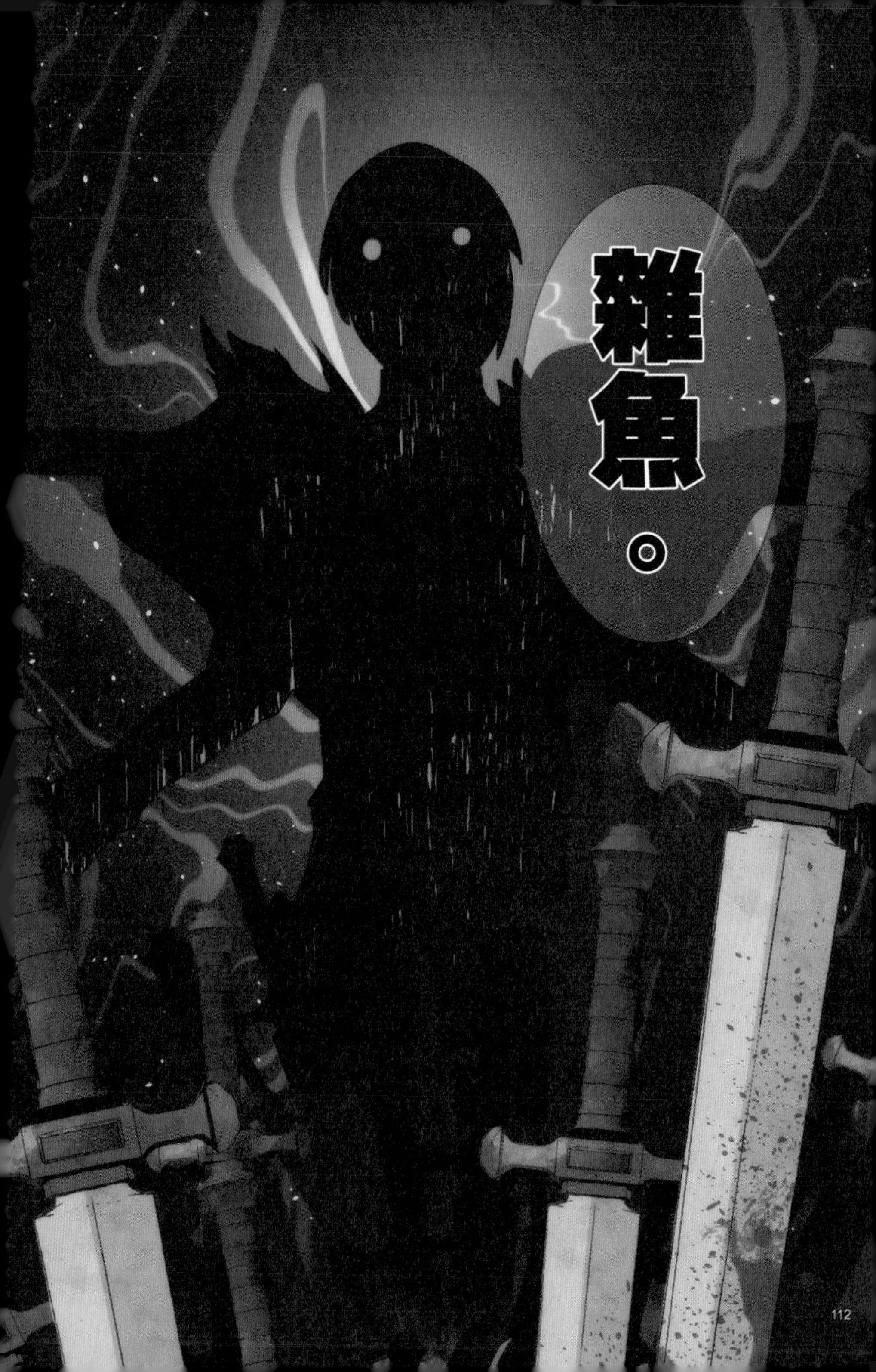
雜魚。

你看到大長老是我，似乎沒有很驚訝？
蠕動！
蠕動！
託你的福，我看了很多年史文獻。
咳！
咳！
關於「衛斯里家族的叛變」，實在太多疑點。

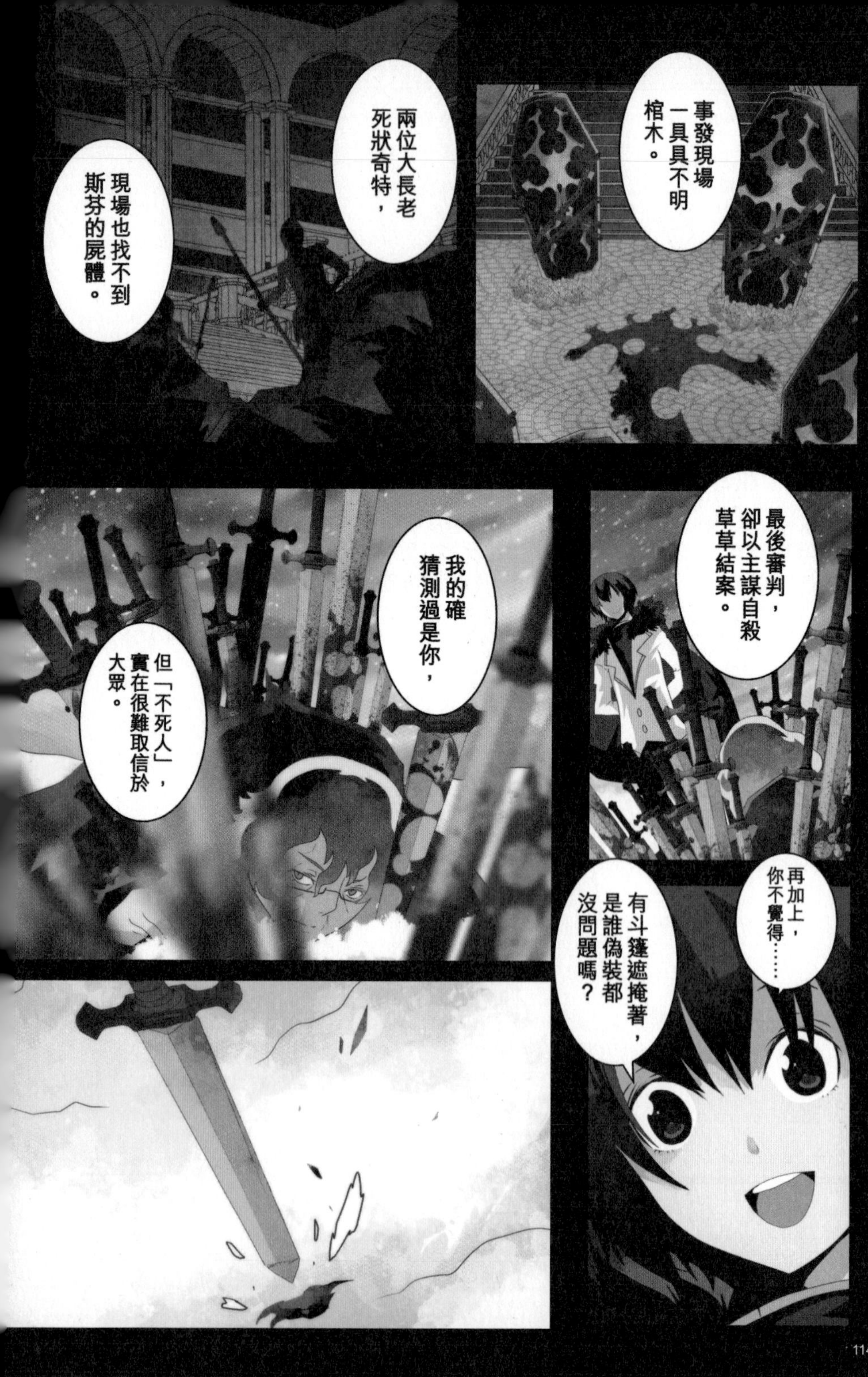
事發現場一具具不明棺木。
兩位大長老死狀奇特，
現場也找不到斯芬的屍體。
最後審判，卻以主謀自殺草草結案。
我的確猜測過是你，
但「不死人」，實在很難取信於大眾。
再加上，你不覺得……
有斗篷遮掩著，是誰偽裝都沒問題嗎？

但現在真相盡在眼前，
人類國王，決議在此將你處以——
死刑！
轟隆!!
人類？發生什麼事？
……人類真是驚人，居然有這等力量。
讓我來解釋吧。

十分鐘前，人類援軍抵達死國。
目前正跟英靈騎士交戰中。
人類國王則跟人類長老起了內鬨。
接著……
赫露與一位叫做巴繆的人類，聯手對上了惡魔。
我想問妳，這場大雪是妳造成的嗎？
是。
如果大雪停止，眾議院的惡魔們就會被解放了嗎？
是。

那如果殺了妳，這場大雪就會停止嗎？
……看來，我們的談判，破裂了呢。
無法遵循惡魔之道的叛徒，
由我來肅清！

最終只能拔刀相向了嗎？歌布琳陛下。
廢話少說，
要糾正妳的乖僻性格，最好的辦法是……
痛扁妳一頓！

啪！
鏘！
礙事的傢伙，難道妳天真的以為……
這樣就能阻擋得了我嗎？
沒有時間在這裡瞎耗了！我要一口氣打倒你們！
!?

逃開！
!?
結冰
直到現在，我還是希望歌布琳陛下，能跟我們合作。
在那之前，我會試著下手輕一點。
到底為什麼這麼憎恨赫露？
忘記她曾救過妳一命嗎？

怎麼可能忘得了？但如果把我救出來，
是讓我看到更深層的絕望……
那我寧可在當時就死去！
這個能力覺醒後，才知道赫露讓我失去了多少珍惜的事物！
家人、朋友，我的過去，我們所生存的世界！
像赫露這種不知道「失去」為何物的傢伙，我不會放過她！

唔喔喔喔喔喔喔——！

赫露在年幼、魔力尚未發展完全時，
就被迫登上王位，領導埃流得尼爾。
當有困難時，就成為保護她的盾。
當我出生，擔任她的護衛，
就決定赫露犯錯時，將成為導正她的劍。
不論是過去、現在，乃至於未來，
我依然貫徹這樣的信念。
看來多說無益。
抱歉了，歌布琳陛下！我果然還是無法放過赫露！

如果這麼簡單就能被原諒，
那誰把被赫露處死的母親……
以及楠娜還給我！
——楠娜？
我記得是索沃克事件中，被我們救回來的……？
原來妳這傢伙……

還有一絲感情存在嗎？
究竟是什麼事情，讓妳變得如此乖僻？
這些以後我再慢慢聽妳說。
現在，我要妳立刻停止這場大雪，
然後再痛扁妳一頓。
咳！
咳！
沒有時間陪妳玩了，

我要趕快結束這場戰爭，並把妳抓回去。
處份由赫露來決定……
吼喔！
!?
畜生！太大意了！
……看來，還不到結束的時候。
歌布琳陛下，
請妳去死吧。

負債魔王

DEVIL GAME

第6話 終結的晨曦
Sunrise

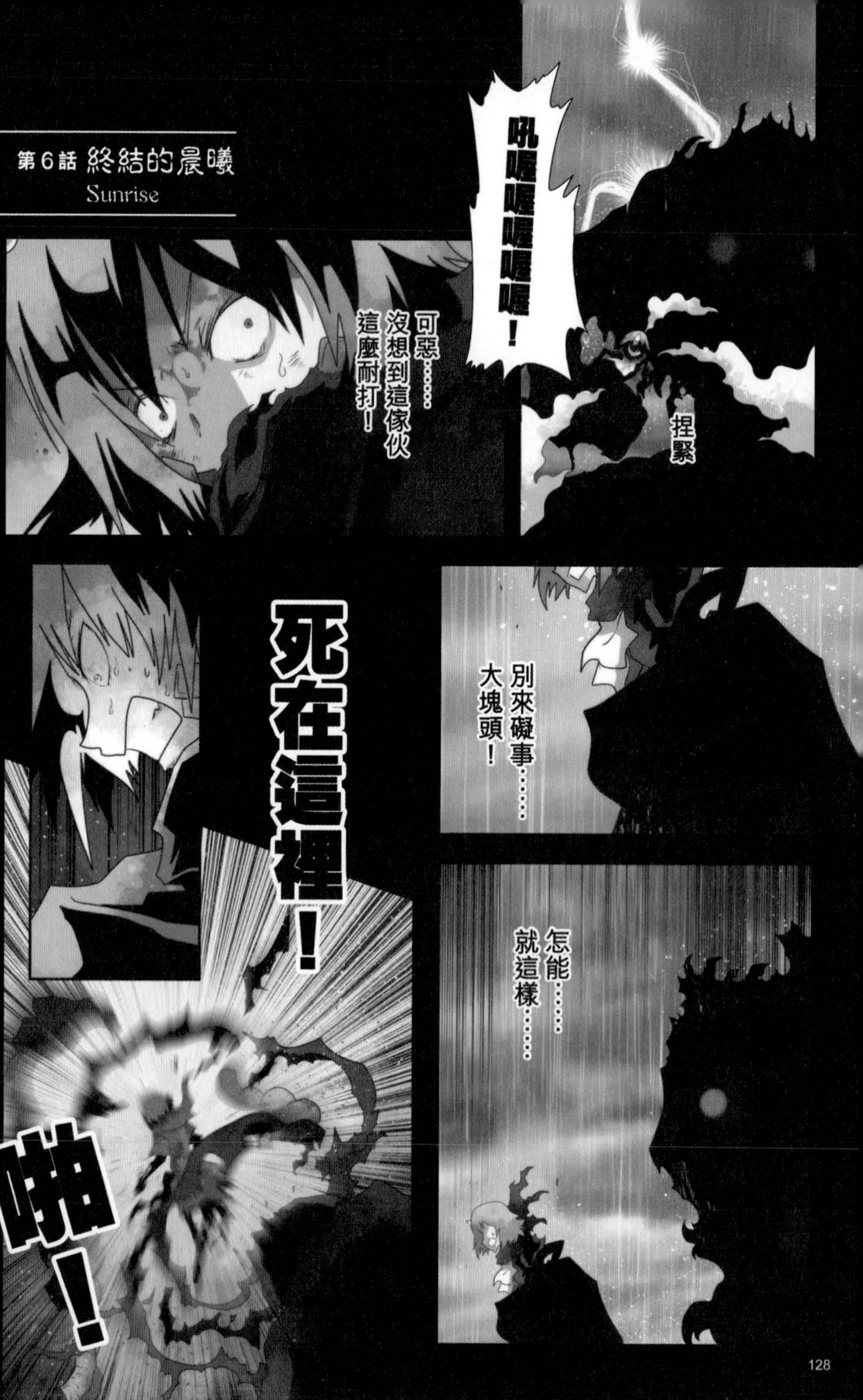
吼喔喔喔喔喔！
捏緊
可惡……沒想到這傢伙這麼耐打！
別來礙事……大塊頭！
死在這裡！
怎能……就這樣……
啪！

畜生……！
給我乖乖躺下！
啪嘰！
啪！
唔……！

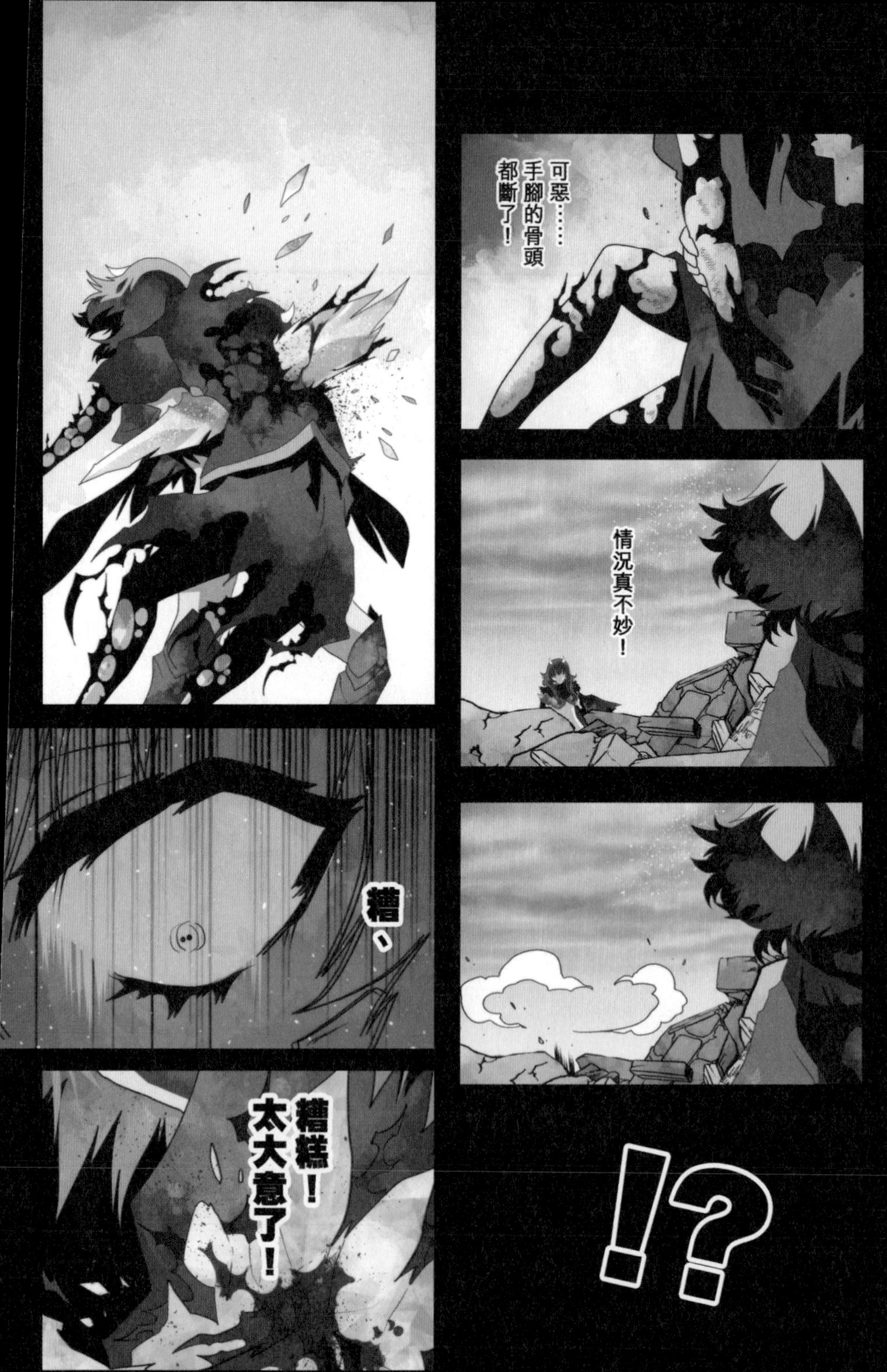
可惡……
手腳的骨頭都斷了！
情況真不妙！
糟、
糟糕！
太大意了！
!?

嗚啊啊啊！
咻——
畜生……！
別希爾這傢伙！
骨折，加上穿刺
傷口大量出血。
可惡……
傷口比我想像
得還要深。
意識開始模糊，
站也站不穩。
……抱歉啊，
赫露。
我可能……
回不去了。

能力覺醒後，
我漸漸開始想起以前的事情，包括我的母親……
她跟我一樣，都是混血之子。
差別在於……
我的母親是……
神與惡魔的混血之子。
人、神與惡魔互相之間的通婚，是受到世界律法嚴格禁止的事情。
所以母親在一百年前，被處以極刑。
罪名自然是「異族通婚禁忌血脈罪」。

執行處刑者，正是當時的王．「赫露」。
對於惡魔沒有殺傷力，
但是對於體內存有神基因的母親來說，簡直就是致命毒藥。
她並沒有直接殺了我母親，而是讓她服下了藥物。
「摩莉甘」。
之後，赫露將母親放逐到人界。任其自生自滅。
幸好母親還能使用「神力」，抑制摩莉甘的毒性。

神族長生不老，為了解開毒性，母親開始了長時間流浪。
被趕走後，繼續轉偷下一家農戶的食物。
這幾十年間，母親到處潛入農家，
撿拾人類不要的馬匹飼料吃，以維持體力。
但是摩莉甘的毒性，讓人吃東西像泥巴，喝水像是泥漿般的痛苦。
長期營養不足的母親，最終神力也消耗殆盡。
就這樣倒在荒野之中，
等待死去的那一刻。

就在母親放棄之際……
那個人出現了。
那個人……剛成為人類口中的「職業勇者」，在返途路上救了她。
那個人……後來成為我的「父親」。

……父親？
俗稱距離天堂最近的地方。
「天空花園」的領主。
聽說我還有其他家人……
但我有記憶以來，從來沒見過他們。
神與惡魔混血的母親……
再跟人類產下孩子……

那就是「我」。
人與神與惡魔的混血之子。
呼……
呼！
但也因為如此，才有妳的出生，所以……
……也許礙於世界律法，
最後赫露讓妳的母親服下劇毒。
妳的意思是赫露並沒有錯？
別誤會了，我的恨意並不全然來自於毒藥。
結冰
結冰
而是給予我們生存的希望……

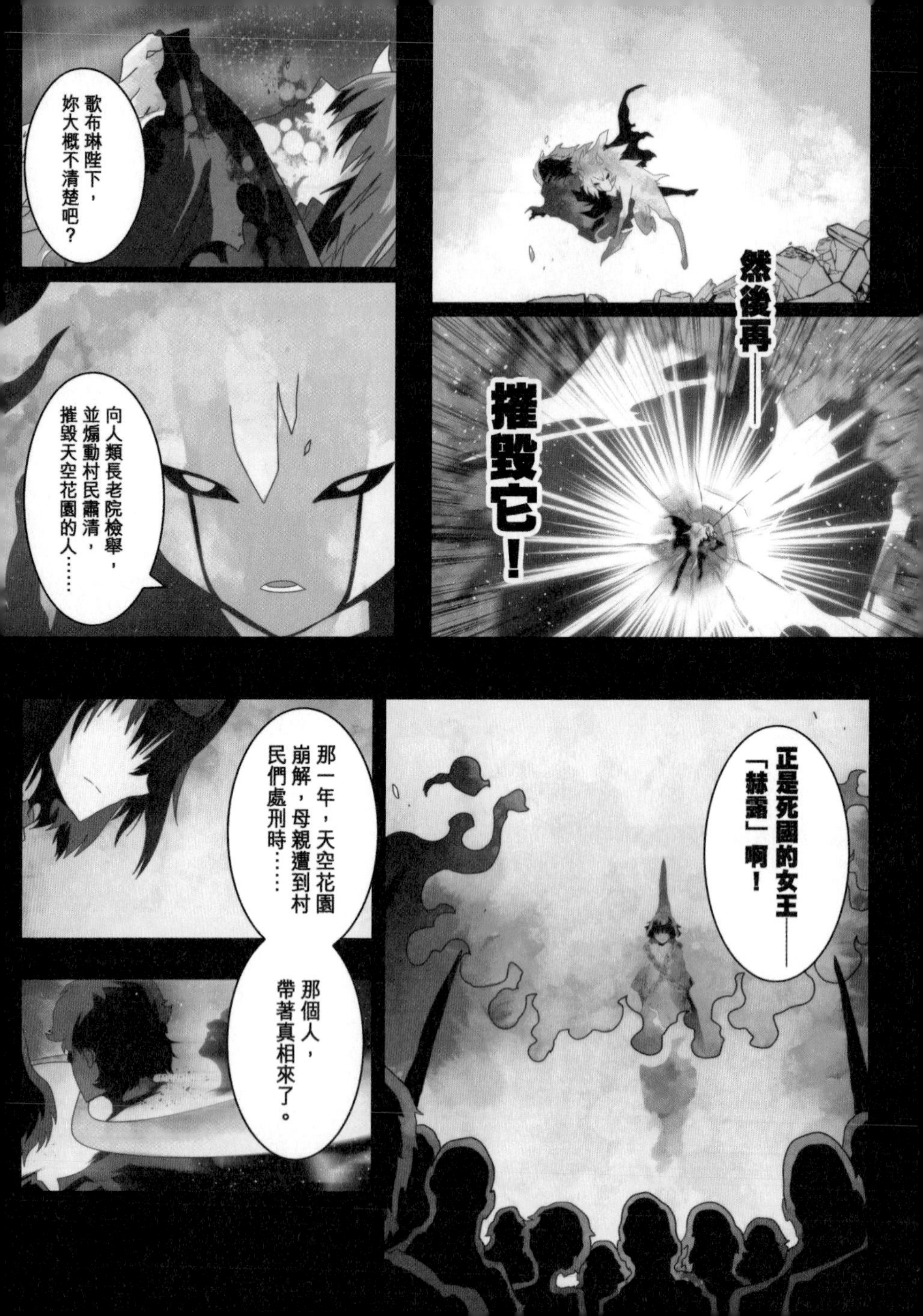
然後再——
摧毀它！
歌布琳陛下，妳大概不清楚吧？
向人類長老院檢舉，並煽動村民肅清，摧毀天空花園的人……
正是死園的女王——「赫露」啊！
那一年，天空花園崩解，母親遭到村民們處刑時……
那個人，帶著真相來了。

怎、怎麼回事？
後面的人全死光了！
？
割斷！
原來妳藏在這種地方。
而那個人就是——
來自死國的刺客奈爾。
這場肅清行動是「王」親自下令。
要怪，就怪我們的「王」，與自己的命運吧。
虧妳服下劇毒後，還能夠活到現在，
雖然如今看來，放著妳不管也是死路一條。

但是，妳那掌握世界命運的女兒——預言之子，又稱為「報喪女妖」……
後來，奈爾在母親安置我的藏身處裡，
請把她交給我。
找到了我。
別希爾，妳將暫時忘記這一切，
當「第三次諸神黃昏」的齒輪轉動時，
妳一定要想起……妳的使命。

這下妳知道了嗎？
毀滅天空花園，派奈爾殺了我母親，這一切都是赫露所主導。
直接殺了就行了！為什麼赫露……還要拐彎讓她服下劇毒？
赫露不可能，咳……不知道神族的……自癒能力。
異族通婚本來就是唯一死罪……
也就是說……
打從一開始……赫露就決定讓她活下去……！
至於奈爾口中的「王」，赫露那時候還處於大戰後的沉睡……根本不可能下指令！

妳想說我親眼所見的，並不是事實？
那真實是什麼？妳告訴我啊！
我怎麼會知道！白痴！
給我自己……用生命去找！
乖乖躺下！
啪！
唔！

——呵呵，真是了不起，
可以打碎這麼厚的冰裝甲。
還沒結束呢！
牙根給我咬緊！我要一拳改正妳那乖戾的個性！
……！
!?

妳……妳在做什麼？
放開我！
別希爾……妳聽我說。
這一切矛盾中的真相，關鍵就在赫露身上。
但是她……現在也處於危機之中。
如果……赫露死了，這些矛盾，就像死結一樣永遠解不開了。
交戰的對象，很可能是擁有赫露原本絕大多數力量的……
叛逃惡魔
求求妳，停止這場大雪，
在尋找出「被製造出的真實」背後的真相前，幫幫赫露他們。

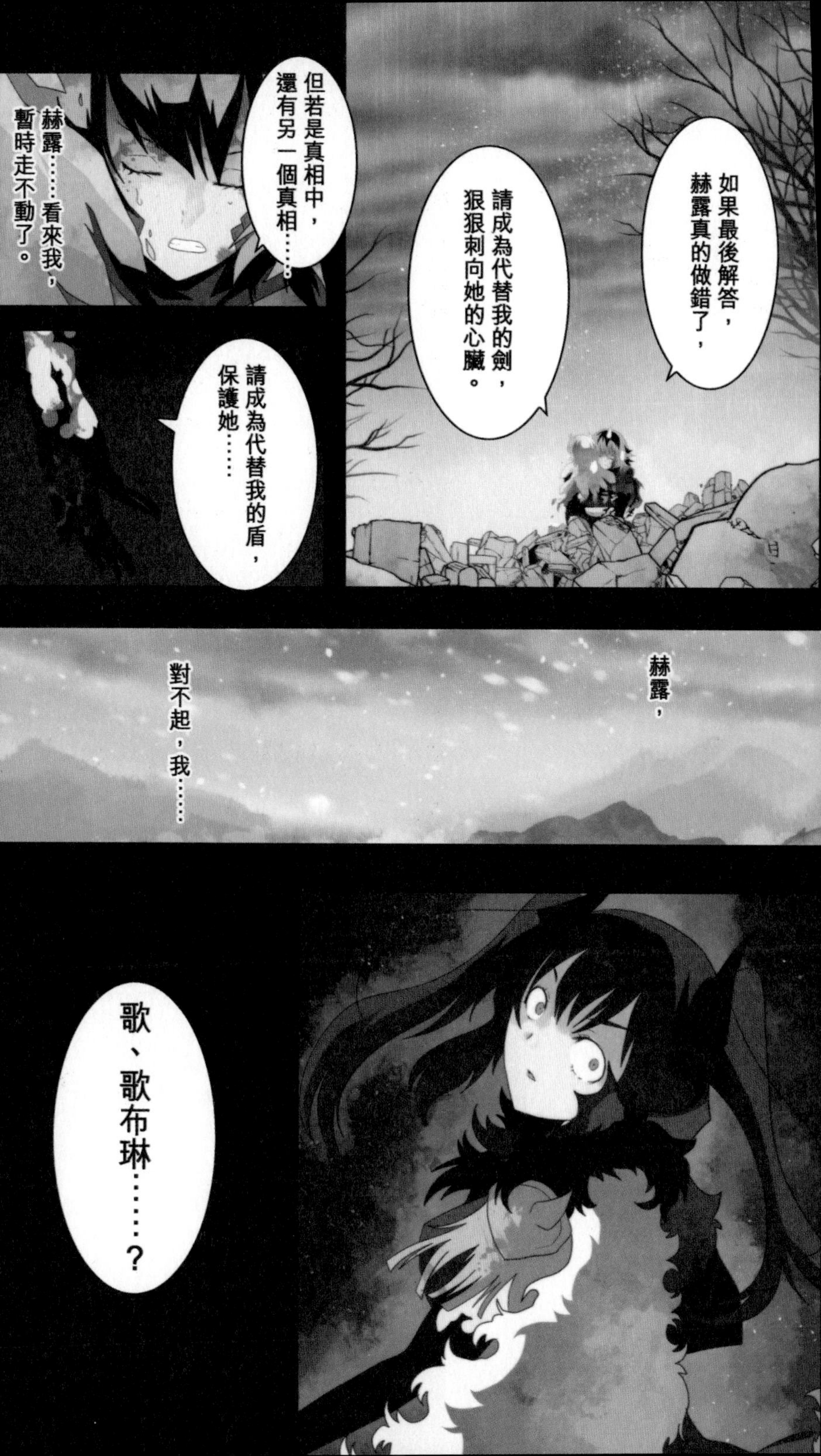
如果最後解答，赫露真的做錯了，
請成為代替我的劍，狠狠刺向她的心臟。
但若是真相中，還有另一個真相……
赫露……看來我，暫時走不動了。
請成為代替我的盾，保護她……
赫露，
對不起，我……
歌、歌布琳……？

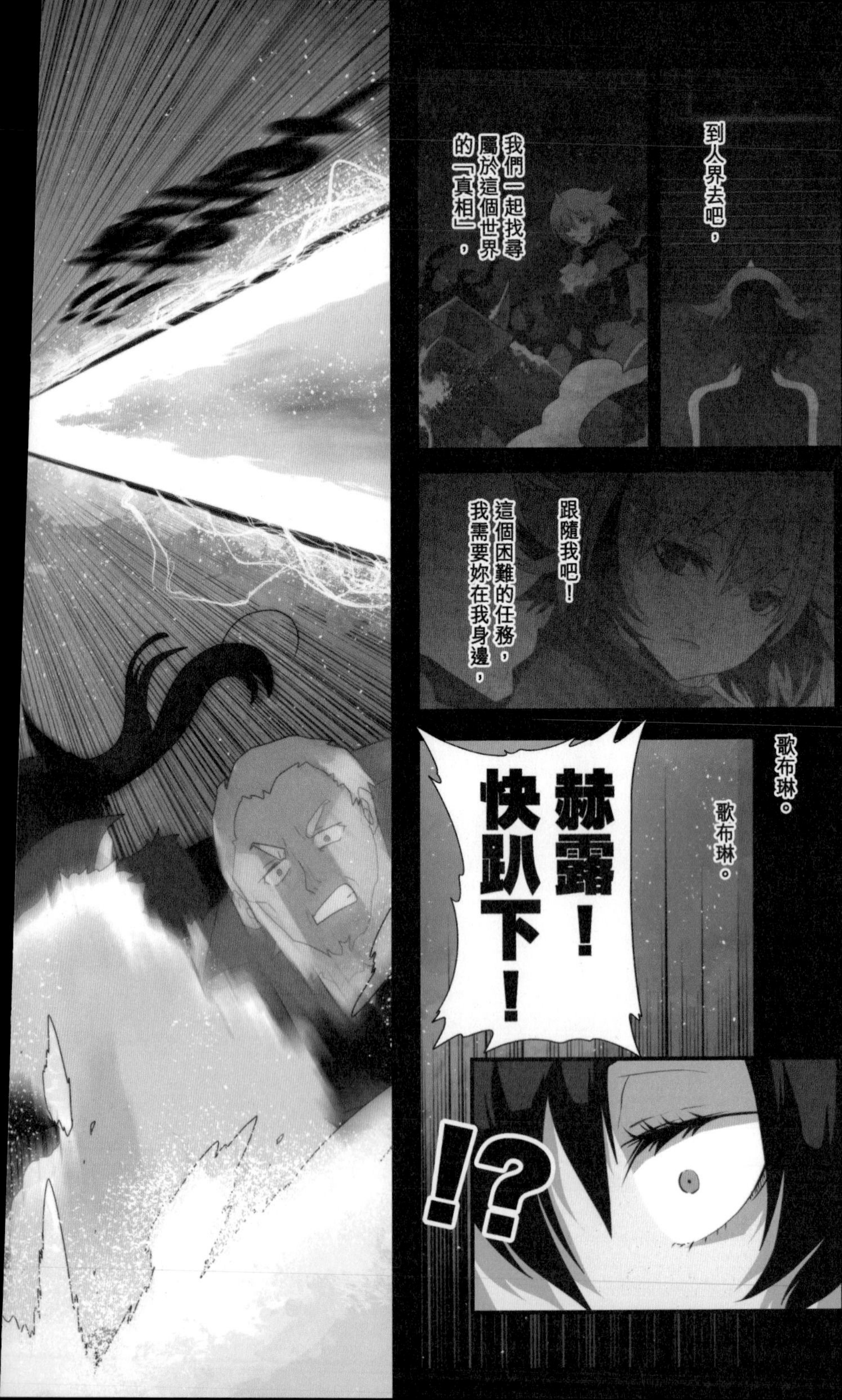
到人界去吧，
我們一起找尋
屬於這個世界
的「真相」，
跟隨我吧！
這個困難的任務，
我需要妳在我身邊，
歌布琳。
歌布琳。
赫露！
快趴下！
!?

哎呀呀——
多事的傢伙，
差點我就能在赫露身上，捅出一個窟窿來呢。
妳在做什麼？戰場上專心一點啊！混帳東西！
……
對不起，
……嘖，給我振作一點啊！
話說這個突然冒出的傢伙是誰啊？
什麼啊？
赫露沒跟你提過我嗎？
你好，我是原本赫露麾下八位王臣之一，
請叫我「餓厄蝶」即可。

躺在你身邊的那個女人，曾經擁有過於強大的力量。
卻因為一些細故，使得魔力失控……
導致死國領土毀滅了大半。
事件發生後，畏懼赫露的八位古代惡魔長老，
犧牲自己的生命……
將赫露的力量分成八等分，寄宿在他們體內並重新誕生。
而我就是其中一位古代惡魔，

後來我吃掉了
其他六位王臣，
獲得了更強大
的力量……
至於為什麼
我只吃了六位……
伸出手
夠了。
也就是說，
跟你旁邊那女人
比起來……
!?
要說我是
真正的「赫露」，
也不為過呢♥
我已經很
瞭解妳了，
喋喋不休的
聒噪女人……

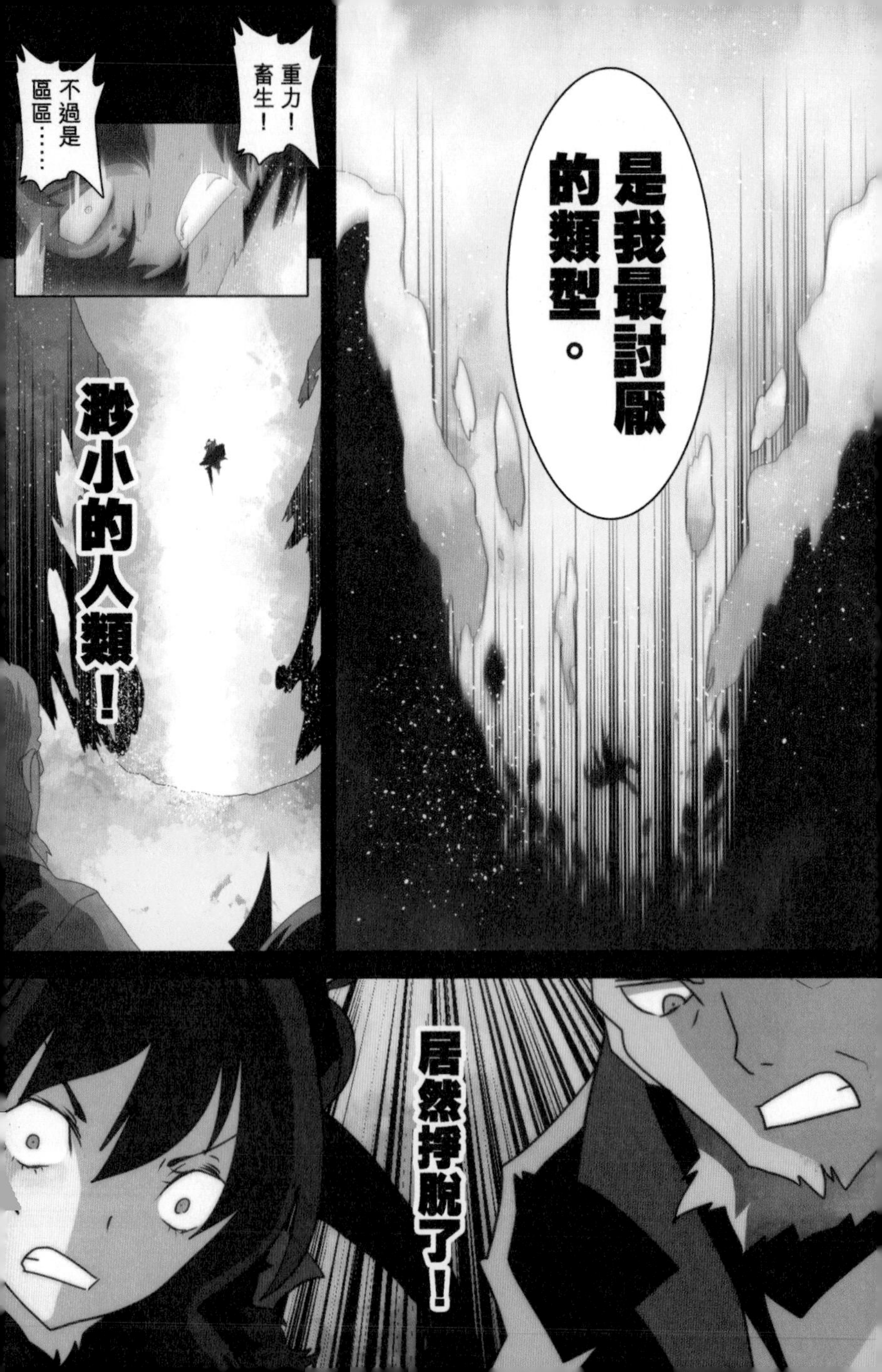
是我最討厭的類型。
重力！畜生！
不過是區區……
渺小的人類！
居然掙脫了！

耶夢加得咆嘯！
Jormungandr Roar
巴繆！
重力魯納啊？以人類來說，相當的罕見呢。
看得我肚子都餓了，真想把這個能力吃掉，占為己有呢♥

是說……吃過這麼多能力，
最滿意的莫過於讓敵人幼兒化的「返齡終結」了。
只要不重蹈覆轍，施加在赫露身上。
倒是很適合喜歡輕鬆虐殺人的我呢♥
重蹈覆轍……在我身上？
呵呵……還真是方便啊，
大叔我可是每天感嘆歲月催人老呢！
哈哈哈哈！那你馬上就能感受到！
我要用這個能力，把你變回娘胎裡的小蟲子！

快逃！巴繆！
不要正面中那招！
白——痴！
已經來不及了！
看來妳不只很聒噪，連腦筋都不太好呢……
沒發現嗎？從剛剛起，暴風雪就停止了。
……還以為你要說什麼？
結果只是一場小雪停了而已啊？
想藉機拖延時間是沒有用的，乖乖變回小嬰兒吧！

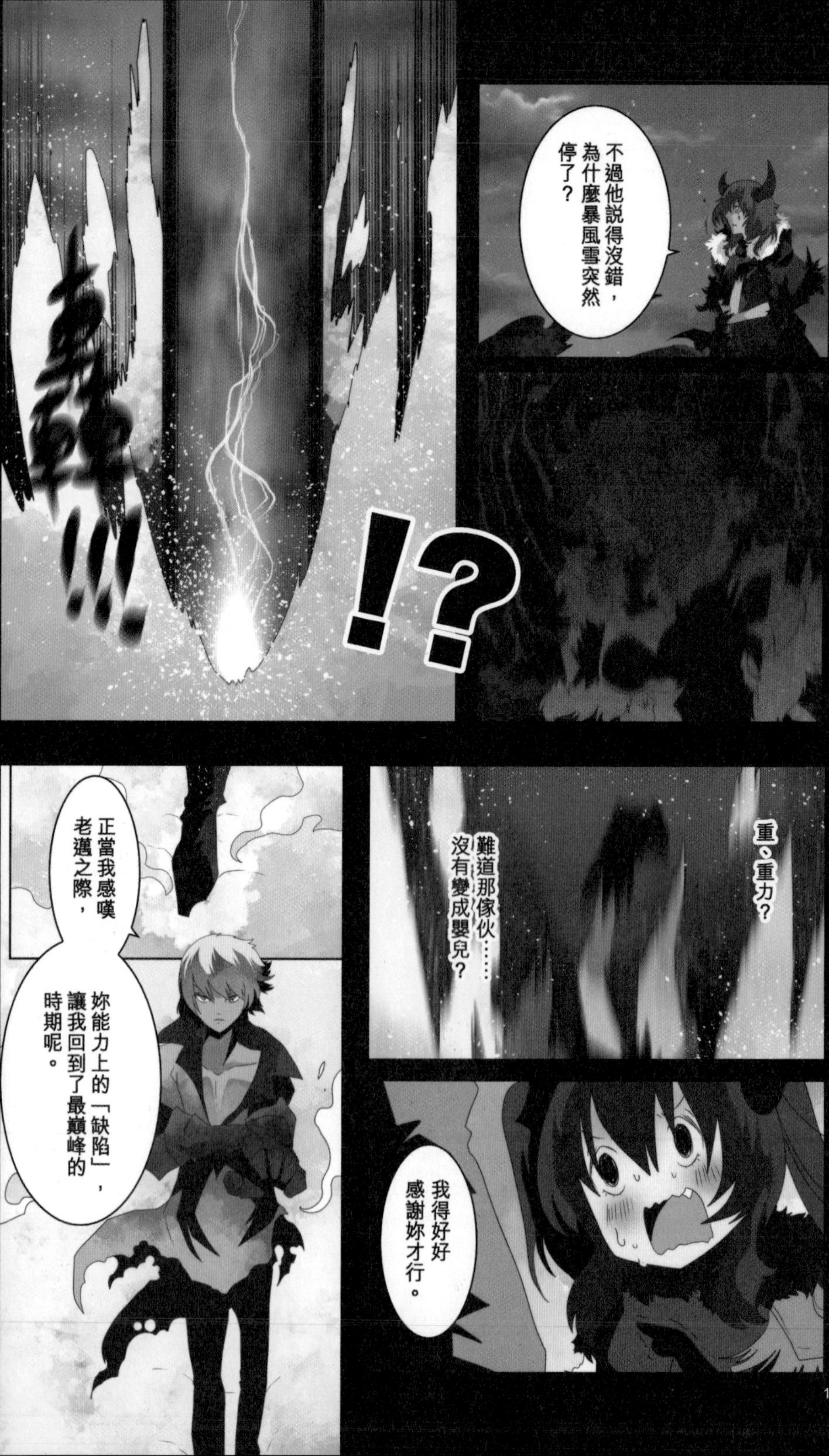
不過他說得沒錯，為什麼暴風雪突然停了？
!?
重、重力？
難道那傢伙……沒有變成嬰兒？
正當我感嘆老邁之際，
妳能力上的「缺陷」，讓我回到了最巔峰的時期呢。
我得好好感謝妳才行。

巴繆……
不僅外表變了，
性格似乎也不一樣？
畜…畜生…！我的能力…
哪…裡…「不完全」？
還不明白嗎？
妳的攻擊並沒有想像中的痛啊。
!?
不覺得奇怪嗎？如果妳的力量真的接近「赫露」。
剛剛的攻擊，巴繆別說擋下來，灰飛煙滅都可能。

結果如妳所見，最後僅是把他擊飛罷了。
這就表示，其他被妳吃下肚的王臣們，還有著意識，
而且他們並不服從於妳啊。
妳……到底，想說什麼？
轟轟轟——
也是，如果赫露力量不過如此，我會很失望的。
外表就算變了，毒舌性格還是沒改啊。
……你們，這些雜魚！
不要太小看我了！
天真的傢伙！

居然……
掙脫了？
啪！
!?
咻！
咻！
碰！
裂開

巴繆你看，
她憤怒過頭，連人形狀態都很難維持了。
連王臣的力量，也開始在外洩。
人形狀態？這不是她的原本模樣嗎？
她吃了一個叫做「蕈」的女孩，外表也變得跟她一樣。
但是現在不僅幾乎無法維持外型，
趁現在一口氣打倒她吧！

……喂，
你們看……！
雖、雖然不知道發生什麼事！
暴風雪……停了！
你們看！就連英靈騎士們……！
動作也變得非常遲緩！

?
眼睛……看得到了？
怎麼回事？
米爾代司令官！
眾議院的席官們！他們……！
詳細等這場戰爭結束再說，在那之前……
兵敗如山倒呢。
哈哈哈……
讓我們點燃反擊的狼煙吧！
喔喔喔喔喔！

次回待續

睫毛子無怪
S'開發三昧
番外篇！《負債魔王》內幕紀實！
5
各位好！我們又在第五集的附錄見面了！
關於上次說到的未公開第二彈，要在這邊跟大家說聲……
對不起。

大爆炸

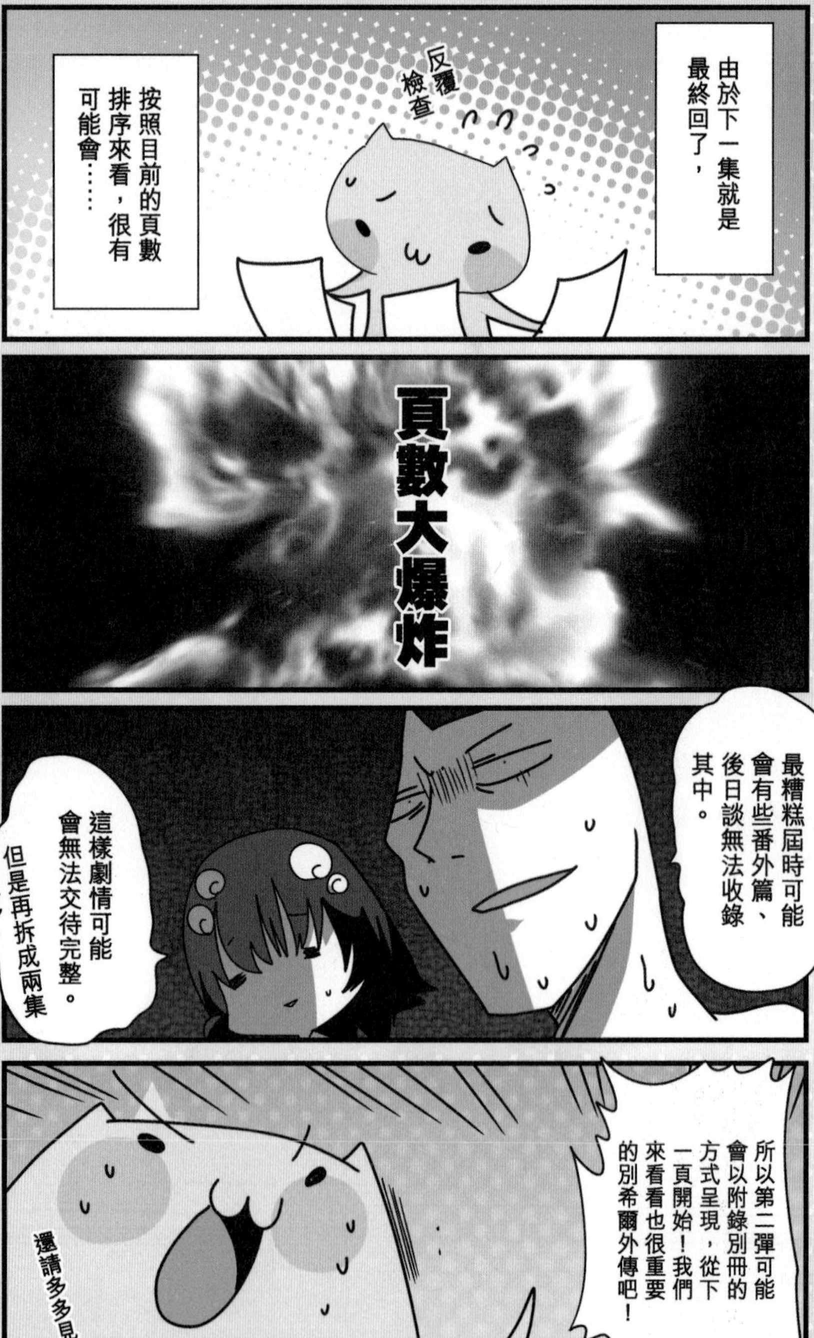
由於下一集就是最終回了，
反覆檢查
按照目前的頁數排序來看，很有可能會……
頁數大爆炸
最糟糕屆時可能會有些番外篇、後日談無法收錄其中。
這樣劇情可能會無法交待完整。
但是再拆成兩集又太多。
所以第二彈可能會以附錄別冊的方式呈現，從下一頁開始！我們來看看也很重要的別希爾外傳吧！
還請多多見諒！

別希爾外傳：
被雪覆蓋的輓歌
死國「埃流得尼爾」。
撐著點！
就快到了！
……事情我都聽說了，
這就是那位人類少女……？
果然如此，摩莉甘的毒瘴氣非常重……
受赫露的要求，我可以解開她的毒性，
但有一個條件……

這個女孩將成為魔族，不可能再當人類了。
發光
最後楠娜的病症痊癒，並加入眾議院魔下，
與別希爾一起成為護衛師團的見習生。

楠娜！一起加油喔！
……嗯！
別希。
別希爾因為具備人類的魯納知識，力量也漸漸覺醒，
很快的就受到眾議院重用，成為惡魔學院的導師輔佐官。
但楠娜的命運，卻大不相同。
嘩！
啊哈哈哈哈你看到了嗎？
真是拙得可以！
區區人類不要太囂張了！

!?
什麼？
這、這是高等級的水龍卷！
會用這招的人……！
又是妳這傢伙！
別希！
可惡！臭小鬼！
還活著啊？命真硬。
楠娜！妳沒事吧？站得起來嗎？
啊…嗯……
給我記住！
謝謝妳……別希，
一直都麻煩妳幫我……

沒錯，所以這是最後一次了。
……是呢，
畢竟我只是個半魔人類……妳應該很厭煩……
不要誤會了！
楠娜，妳不必被那群人這樣對待，
半魔人類正是妳最大的優勢不是嗎？
妳擁有人類敏捷的身體，
以及擅長使用各種冷兵器，並擁有豐富的魯納知識。
這樣的人類特性，一旦加上魔力的來源，妳一定可以變得很厲害，
讓那些欺負妳、看不起半魔人類的傢伙閉嘴。

……別希。
妳是我最珍惜的朋友，總有一天，我們的背後都要交給彼此！
我不僅僅只想成為保護妳的存在……
嗯……
謝謝妳，別希。
別希爾的預言相當準確，楠娜的力量漸漸成長，
沒多久後升任為護衛師團的士兵長，立下許多戰功。

但是，這樣的日子並沒有持續很久……
發、發生什麼事？
為什麼要把我關起來？
放我出去！楠娜！
抱歉……別希，入侵者的目標是妳，
為了妳好，我們會盡全力保護妳的。
在這之前就先乖乖待在這裡吧。
讓我出去……楠娜！

對不起，別希，
沒辦法遵守我們的約定。
總有一天，我們的背後都要交給彼此！
不論入侵者是奧汀還是冰霜巨人……
別希妳由我來守護！
有沒有人在？
外面到底發生了什麼事？
快來人！
……有沒有
別希大人……
!?

外面到底發生什麼事情？
全軍覆沒……
怎、怎麼會……楠娜呢？第五師團的楠娜！
楠娜大人……
她……
……我做到了嗎？
保護自己珍惜的人……
我是不是沒有重蹈覆轍呢……？

父親大人……
別希……
之後奧汀成功的攻破埃流得尼爾眾議院大門。
並擄走別希，使其報喪女妖的能力覺醒。

世界陷入了混亂
並迎來第三次諸神黃昏，
是在這之後的事情了。

摳摳蘿的歌路

終於在截稿日期限前，將這集交出去了。
死前狀態
……唱、唱歌？走吧……
辛苦了，要去唱歌慶祝一下嗎？
許久沒有唱中文歌，這次才讓我知道——
難道非要浮誇嗎？
睫毛的歌路：「浮誇」二〇〇五年。
摳摳蘿的歌路：「桂花巷」
想挖一生ㄟ運命
親像風吹帊斷線
一九八七年。
有夠老！
明明我年紀比較大！
←二十二歲

我們下集再見了！

最終回預告

向世界的絕望宣戰！
負債魔王的最後賭注！

COMING SOON

負債魔王 Devil Game 5

FUN系列 033

作　者—睫　毛
主　編—陳信宏
責任編輯—王瓊苹
責任企畫—曾俊凱
編排設計—林孟緯
全書完稿—執筆者企業社
董 事 長—趙政岷
總 經 理
總 編 輯—李采洪
出 版 者—時報文化出版企業股份有限公司
10803　臺北市和平西路三段二四〇號三樓
發行專線—（〇二）二三〇六六八四二
讀者服務專線—〇八〇〇二三一七〇五・（〇二）二三〇四七一〇三
讀者服務傳真—（〇二）二三〇四六八五八
郵撥—一九三四四七二四時報文化出版公司
信箱—台北郵政七九至九九信箱
時報悅讀網—http://www.readingtimes.com.tw
電子郵件信箱—newlife@readingtimes.com.tw
時報出版愛讀者粉絲團—http://www.facebook.com/readingtimes.2
法律顧問—理律法律事務所 陳長文律師、李念祖律師
印　刷—詠豐印刷有限公司
初版一刷—二〇一七年二月十日
定　價—新臺幣二八〇元

時報文化出版公司成立於一九七五年，並於一九九九年股票上櫃公開發行，於二〇〇八年脫離中時集團非屬旺中，以「尊重智慧與創意的文化事業」為信念。

國家圖書館出版品預行編目資料

負債魔王 5／睫毛　著
初版. -- 臺北市 : 時報文化, 2017.02
冊 ;　公分. -- (Fun系列 ; 33)
ISBN 978-957-13-6902-0(第5冊 : 平裝)
859.6　　　　106001095

ISBN 978-957-13-6902-0
Printed in Taiwan

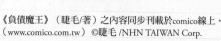

Devil Game Devil Game Devil Ga

evil Game Devil Game Devil Game

Devil Game Devil Game Devil Ga

evil Game Devil Game Devil Game

Devil Game Devil Game Devil Gar

evil Game Devil Game Devil Game

Devil Game Devil Game Devil Gam

evil Game Devil Game Devil Game

Devil Game Devil Game Devil Gam

evil Game Devil Game Devil Game

Devil Game Devil Game Devil Gam

evil Game Devil Game Devil Game

Devil Game Devil Game Devil Gam

evil Game Devil Game Devil Game

Devil Game Devil Game Devil Gam

Devil Game Devil Game Devil Gam

vil Game Devil Game Devil Game

Devil Game Devil Game Devil Gam

vil Game Devil Game Devil Game

Devil Game Devil Game Devil Gam

vil Game Devil Game Devil Game

Devil Game Devil Game Devil Gam

evil Game Devil Game Devil Game

Devil Game Devil Game Devil Gam

evil Game Devil Game Devil Game

Devil Game Devil Game Devil Gam

evil Game Devil Game Devil Game

Devil Game Devil Game Devil Gam

evil Game Devil Game Devil Game

Devil Game Devil Game Devil Gam